國學大師
季羨林
——著

心安
即是歸處

高寶書版集團

一個人活在世界上，必須處理好三個關係：

第一，人與大自然的關係；

第二，人與人的關係，包括家庭關係在內；

第三，個人心中思想與感情矛盾與平衡的關係。

這三個關係，如果能處理得好，生活就能愉快；

否則，生活就有苦惱。

——季羨林

壹

生命本來沒有名字

目錄

CONTENTS

貳

有福讀書，可慰平生

叁

縱浪大化，不憂不懼

目錄

CONTENTS

肆

行於天地，再遇自己

伍

當下即是生活

目錄

CONTENTS

陸 靈魂獨立，不畏孤寂

柒

生如夏花，死如秋葉

目錄

CONTENTS

捌　我的人生信條：眞實

壹／生命本來沒有名字

什麼叫人生呢？我並不清楚。不但我不清楚，

我看芸芸眾生中也沒有哪一個人真清楚的。

如果人生真有意義與價值，

其意義與價值就在於對人類發展的承上啟下、

承前啟後的責任感。

人生

在一個「人生漫談」的專欄中，首先談一談人生，似乎是理所當然、無可厚非的。而且我認為，對於我來說，這個題目也並不難寫。我已經到了望九之年，在人生中已經滾了八十多個春秋了。天天面對人生，時時刻刻面對人生，讓我這樣一個世故老人來談人生，還有什麼困難呢？豈不是易如反掌嗎？

但是，稍微進一步一琢磨，立即出現了疑問：「什麼叫人生呢？」我並不清楚。不但我不清楚，我看芸芸眾生中也沒有哪一個人真的清楚的。古今中外的哲學家談人生者眾矣。什麼人生的意義，又是什麼人生的價值，花樣繁多，撲朔迷離，令人眼花撩亂；然而他們說了些什麼呢？恐怕連他們自己也是越談越糊塗。以己之昏昏，焉能使人昭昭！

哲學家的哲學，至矣高矣。但是，恕我大不敬，他們的哲學同吾輩凡人不搭界，讓這些哲學，連同它們的「家」，坐在神聖的殿堂裡去獨現輝煌吧！像我這樣一個凡人，吃飽了飯和沒事兒的時候，有時也會想到人生問題。

我覺得，我們「人」的「生」，都絕對是被動的。沒有哪一個人能先制訂一個誕生計畫，然後再出生，一步步讓計畫實現。只有一個人例外，他就是佛祖釋迦牟尼。但他是佛祖，不是吾輩凡人。吾輩凡人的誕生，無一例外，都是被動的，一點主動權也沒有。我們糊里糊塗地降生，糊里糊塗地成長，有時也會糊里糊塗地夭折，當然也會糊里糊塗地壽登耄耋，像我這樣。

生的對立面是死。對於死，我們也基本上是被動的。我們只有那麼一點主動權，那就是自殺。但是，這點主動權卻是不能隨便動用的。除非萬不得已，是絕不能動用的。

我在上面講了那麼些被動，那麼些糊里糊塗，是不是我個人真正欣賞這一套，讚揚這一套呢？否，否，我絕不欣賞和讚揚。我只是說了一點實話而已。

正相反，我倒是覺得，我們在被動中，在糊里糊塗中，還是能夠有所作為的。我勸人們不妨在吃飽了燕窩魚翅之後，或者在吃糠咽菜之後，或者在唱完卡拉ＯＫ、打完高爾夫之後，問一問自己：你為什麼活著？活著難道就是為了恣睢地享受嗎？難道就是為了忍飢受寒嗎？問了這些簡單的問題之後，會使你頭腦清醒一點，會減少一些糊塗。謂予不信，請嘗試之。

一九九六年十一月九日

再談人生

人生這樣一個變化莫測的萬花筒，若只用千把字來談，是談不清楚的。所以來一個「再談」。

這一回我想集中談論一下人性問題。

大家知道，中國哲學史上，有一個不大不小的爭論問題：人是性善，還是性惡？這兩個提法都源於儒家。孟子主性善，而荀子主性惡。爭論了幾千年，也沒有爭論出一個名堂來。

記得魯迅先生說過：「人的本性是，一要生存，二要溫飽，三要發展。」（若是記錯了，由我負責。）這同古代一句有名的話，精神完全是一致的：「食色，性也。」食是為了解決生存和溫飽的問題，色是為了解決發展問題，也就是所謂傳宗接代。

我看，這不僅僅是人的本性，而且是一切動植物的本性。試放眼觀看大千世界，林林總總，哪一個動植物不具備上述三個本能？動物姑且不談，只拿距離人類更遠的植物來說，「桃李無言」，它們不但不能行動，連發聲也發不出來。然而，它們求生存和發展的欲望，卻表現得淋漓盡致。桃李等結甜果子的植物，為什麼結甜果子呢？無非是想讓人和其他能行動的動物吃了甜果子，並把果核帶到遠或近的其他地方，落在地上，生入土中，能發芽、開花、結果，達到發展，即傳宗接代的目的。

你再觀察，一棵小草或其他植物，生在石頭縫中，或者甚至被壓在石頭塊下，缺水少光，但是它們卻以令人震驚得目瞪口呆的毅力，衝破了身上的重壓，彎彎曲曲地、忍辱負重地長了出來，由細弱變為強硬，由一根細苗甚至變成一棵大樹，再作為一個獨立體，繼續頑強地實現那三種本性。「下自成蹊」，就是「無言」的結果吧。

你還可以觀察，世界上任何動植物，如果放縱地任其發揮自己的本性，則在不太長的時間內，哪一種動植物也能長滿、塞滿我們生存的這一個小小星球。那些已絕種或現在瀕臨絕種的動植物，屬於另一個範疇，另有其原因，我以後還會談到。

那麼，為什麼直到現在還沒有哪一種動植物，包括萬物之靈的人類在內，能夠塞滿地球呢？

在這裡，我要引老子的話：「天地不仁，以萬物為芻狗。」是造化小兒——誰也不知道，他究竟有沒有？他究竟是什麼樣子？我不信什麼上帝，什麼天老爺，什麼大梵天，宇宙間沒有他們存在的地方。

但是，**冥冥中似乎應該有這一類的東西**，**是他或祂巧妙計算**，**不讓動植物的本性光合得逞**。

一九九六年十一月十二日

三論人生

上一篇〈再談〉[1]戛然而止，顯然沒有能把話說完，所以再來一篇〈三論人生〉。

造化小兒對禽獸和人類似乎有點區別對待的意思。雖給你生存的本能，同時又遏制這種本能，方法或者手法頗多。製造對立面似乎就是手法之一，比如製造了老鼠，又製造牠的天敵——貓。

對於人類，又似乎有點優待。不只先賦予人類思想（動物有沒有思想和言語是個有爭論的問題），又賦予人類良知良能。關於人類本性，我在上面已經談到。我不大相信什麼良知，什麼「惻隱之心，人皆有之」；但是我又無從反駁。

1 此處〈再談〉原文為〈再論〉，考慮到上篇文章名為〈再談人生〉，此處做了修改。

古人說：「人之所以異於禽獸者幾希。」所謂「幾希」者，極少極少之謂也。即使是極少極少，總還是有的。我個人胡思亂想，我覺得，在對待生物的生存、溫飽、發展本能的態度上，就存在著一點點「幾希」。

我們觀察，老虎、獅子等猛獸，餓了就要吃別的動物，包括人在內。牠們絕沒有什麼惻隱之心，絕沒有什麼良知。吃的時候，牠們也絕不會像人吃人的時候那樣，有時還會捏造一些我必須吃你的道理，但牠們只是吃開了，吃飽為止。人類則有所不同。人與人當然也不會完全一樣。

有的人確實能夠遏制自己的求生本能，表現出一定的良知和一定的惻隱之心。古往今來的許多仁人志士，都是這方面的好榜樣。他們為什麼能為國捐軀？為什麼能為了救別人而犧牲自己的性命？魯迅先生所說「中國的脊梁」，就是這樣的人。孟子所謂的「浩然之氣」，只有這樣的人能有。禽獸中是絕不會有什麼「脊梁」，有什麼「浩然之氣」的，這就叫作「幾希」。但是人也不能一概而論，有的人能夠做到，有的人就做不到。像曹操說：「寧教我負天下人，休教天下人負我！」他怎能做到這一步呢？

說到這裡，就涉及倫理道德問題。我沒有研究過倫理學，不知道怎樣替道德下定義。我認為，能為國家、為人民、為他人著想而遏制自己本性的，就是有道德的人。能夠百分之六十為他人著想，百分之四十為自己著想，他就是一個及格的好人。為他人著想的百分比越高越好，道德水準越高。百分之百，所謂「毫不利己，專門利人」的人是絕無僅有。

反之，為自己著想而不為他人著想的百分比，越高越壞。毫不利人，專門利己的人，普天之下倒是不老少的。說這話，有點洩氣。無奈這是事實，我有什麼辦法？

一九九六年十一月十三日

漫談人生的意義與價值

當我還是一個青年大學生的時候，報刊上曾刮起一陣討論人生的意義與價值的微風，文章寫了一些，議論也發表了一通。我看過一些文章，但自己並沒有參加進去。原因是，有的文章不知所云，我看不懂。更重要的是，我認為這種討論本身就無意義，無價值，不如實實在在地幹幾件事好。

時光流逝，一轉眼，自己已經到了望九之年，活得遠遠超過了我的預算。有人認為長壽是福，我看也不盡然。

人活得太久了，對人生的種種相，眾生的種種相，看得透透徹徹，反而鼓舞時少，嘆息時多。遠不如早一點離開人世這個是非之地，落一個耳根清淨。

那麼，長壽就一點好處都沒有嗎？

也不是的。這對了解人生的意義與價值，會有一些好處的。

根據我個人的觀察，對世界上絕大多數人來說，人生一無意義，二無價值。他們也從來不考慮這樣的哲學問題。走運時，手裡攥滿了鈔票，白天兩頓美食城，晚上一趟卡拉OK，玩一點小權術，耍一點小聰明，甚至恣睢驕橫，飛揚跋扈，昏昏沉沉，渾渾噩噩，**等到鑽入了骨灰盒，也不明白自己為什麼活過一生**。

其中不走運的則窮困潦倒，終日為衣食奔波，愁眉苦臉，長吁短嘆。即使日子還能過得去的，不愁衣食，能夠溫飽，然也終日忙忙碌碌，被困於名韁，被縛於利索。同樣是昏昏沉沉，渾渾噩噩，不知道為什麼活過一生。

對這樣的芸芸眾生，人生的意義與價值從何處談起呢？我有些什麼想法呢？話要說得遠一點。當今世界上戰火紛飛，人欲橫流，「黃鐘毀棄，瓦釜雷鳴」，是一個十分不安定的時代。但是，對於人類的前途，我始終是一個樂觀主義者。我相信，不管還要經過多少艱難曲折，不管還要經歷多少時間，人類總會越變越好的，人類大同之域絕不會僅僅是一個空洞的理想。但是，想要達到這個目的，必須經過無數代人的共同努力。

有如接力賽，每一代人都有自己的一段路程要跑。又如一條鏈子，是由許多環組成的，每一環從本身來看，只不過是微不足道的一點東西；但是沒有這一點東西，鏈子就組不成。在人類社會發展的長河中，我們每一代人都有自己的任務，而且是絕非可有可無的。如果說人生有意義與價值的話，其意義與價值就在這裡。

但是，這個道理在人類社會中只有少數有識之士才能理解。魯迅先生所稱之「中國的脊梁」，指的就是這種人。對於那些肚子裡吃滿了肯德基、麥當勞、披薩，到頭來終不過是渾渾噩噩的人來說，有如夏蟲不足以語冰，這些道理是沒法談的。他們無法理解自己對人類發展所應當承擔的責任。

話說到這裡，我想把上面說的意思簡短扼要地歸納一下：如果人生真有意義與價值的話，其意義與價值就在於對人類發展的承上啟下、承前啟後的責任感。

一九九五年三月二日

禪趣人生

收到浙江人民出版社的楊女士來信，說要編輯一套「禪趣人生」叢書，內容可包括佛禪與人生的方方面面。

「我們希望透過當代學者對於人生的哲學思考，給讀者——特別是青年讀者一些傳統文化的薰陶，給被大眾文化淹溺的當今讀書界、文化界留一小塊淨土，也為今天人文精神的重建盡一份努力。」

無疑，這些都是極其美妙的想法，有意義，有價值，我毫無保留地贊成和擁護。

但是，我卻沒有立即回信。原因絕不是我倨傲不恭，妄自尊大，而是因為我感到這任務過分重大，我惶恐觳觫，不敢貿然應命。其中還摻雜著一點自知之明和偏見。我生無慧根，對於哲學和義理之類的東西，不感興趣。特別是禪學，我更感到頭痛。少一半是因為我看不懂。

我總覺得這一套東西恍兮惚兮，杳冥無跡。禪學家常用「羚羊掛角，無跡可尋」來作比喻，比喻是生動恰當的。然而困難也即在其中。既然無跡可尋，我們還尋什麼呢？

莊子所說：「得魚忘筌，得意忘言。」我在這裡實在是不知道何所得，又何所忘，古今中外，關於禪學的論著可謂多矣。我也確實讀了不少。但是，說一句老實話，我還沒有看到任何書、任何人能把「禪」說清楚的。

也許妙就妙在說不清楚。一說清楚，即落言筌。一落言筌，則情趣盡失。我現在正在讀苗東升和劉華傑的《混沌學縱橫論》。「混沌學」是一個新興但有無限前途的學科，我曾多次勸人們，特別是年輕人，注意「模糊學」和「混沌學」，現在有了這樣一本書，我說話也有了根據，而且理直氣壯了。

我先從這本書裡引一段話：「以精確的觀察、實驗和邏輯論證為基本方法的傳統科學研究，在進入人的感覺遠遠無法達到的現象領域之後，遇到了前所未有的困難。因為在這些現象領域中，僅僅靠實驗、抽象、邏輯推理來探索自然奧祕的作法行不通了，需要將理性與直覺結合起來。對於認識尺度過小或過大的物品，直覺的頓悟、整體的把握十分重要。」

這些想法，我曾有過。我看了這本書後，實如空谷足音。對於「禪」，是否也可以從這裡「切入」（我也學著使用一個新名詞），去理解，去掌握？目前我還說不清楚。

話扯得遠了，我還是「書歸正傳」吧！我在上面基本上談的是「自知之明」。現在再來談一談「偏見」。

我的「偏見」主要是針對哲學的，針對「義理」的。我上面已經說過，我對此不感興趣。我的腦袋呆板，我喜歡摸得著看得見的東西，也就是實實在在的東西。哲學這東西太玄乎，太圓融無礙，宛如天馬行空，而且公說公有理，婆說婆有理。今天這樣說，有理；明天那樣說，又有理。

有的哲學家觀察宇宙、人生和社會，時有非常深刻、機敏的意見，令我嘆服。但是，據說真正的大哲學家必須自成體系。體系不成，必須追求。一旦體系形成，則既不圓融，也不無礙，而是捉襟見肘，削足適履。這一套東西我玩不了。因此，在舊時代三大學科體系：義理、辭章、考據中，我偏愛後二者，而不敢碰前者。這全是天分所限，並不是對義理有什麼微詞。

以上就是我的基本心理狀態。

現在楊女士卻對我垂青，要我作「哲學思考」，侈談「禪趣」，我焉得不誠惶誠恐呢？這就是我把來信擱置不答的真正原因。我的如意算盤是，我稍擱置，楊女士擔當編輯重任，時間一久，就會把此事忘掉，我就可以逍遙自在了。

然而事實卻大出我意料，她不但沒有忘掉，而且打來長途電話，直搗黃龍，令我無所逃於天地之間。我有點慚愧，又有點惶恐。但是，心裡想的卻是：按既定方針辦。我連忙解釋，說我寫慣了考據文章。關於「禪」，我只寫過一篇東西，而且是被趕上了架才寫的，當然屬於「野狐」一類。我對她說了許多話，實際上卻是「居心不良」，想推掉了事，還我一個逍遙自在身。

可是我萬萬沒有想到，正當我頗為得意的時候，楊女士的長途電話又來了，而且還是兩次。昔者劉先主三顧茅廬，躬請臥龍先生出山，共圖霸業。藐予小子，焉敢望臥龍先生項背！三請而仍拒，豈不是太不識相了嗎？

我痛自譴責，要下決心認真對待此事了。我擬了一份初步選目。過後自己一看，覺得好笑，選的仍然多是考據之事。我大概已經病入膏肓，腦袋瓜變成了花崗岩，已經快到不可救藥的程度了。

於是決心改弦更張，又得我多年的助手李錚先生之助，終於選成了現在這個樣子。這裡面不能說沒有涉及禪趣，也不能說沒有涉及人生。但是，把這些文章綜合起來看，我自己的印象是一碗京海雜燴。可是這種東西，為什麼竟然敢拿出來給人看呢？自己「藏拙」不是更好嗎？

對此，我的回答是：我在任何文章中講的都是真話，我不講半句謊話。而且我已經到了耄耋之年，一生並不是老走陽光大道，獨木小橋我也走過不少。因此，酸、甜、苦、辣，悲、歡、離、合，我都嘗了個夠。發為文章，也許對讀者，特別是青年讀者，不無幫助。這就是我斗膽拿出來的原因。

倘若讀者——不管是老中青年——真正能從我在長達八十多年對生活的感悟中學到

一點有益的東西，那我就十分滿意了。至於楊女士來信中提到的那一些想法或者要求，我能否滿足或者滿足到什麼程度，那就只好請楊女士自己來下判斷了。

是為序[2]。

一九九五年八月十五日於北大燕園

2 此文為《人生絮語》一書序言。

人生之美

《人生箴言》的作者暨日本創價學會名譽會長池田大作先生、譯者卞立強教授，以及本書一開頭就提到的常書鴻先生，都是我的朋友。我同他們的友誼，有的已經超過了四十年，至少也有十幾二十年了，都可以算是老朋友了。我尊敬他們，我欽佩他們，我喜愛他們，常以此為樂。

池田大作名譽會長的著作，只要有漢文譯本（這些譯本往往就出自卞立強教授之手），我幾乎都讀過。現在又讀了他的《人生箴言》。可以說是在舊的了解基礎上，又增添了新的了解；在舊的欽佩基礎上，又增添了新的欽佩，我更以此為樂。

評斷一本書的好與壞有什麼標準呢？這可能因人而異。但是，我個人認為，客觀且能為一般人都接受的標準還是有的。歸納起來，約略有以下幾項：一本書能鼓勵人前進呢，抑或拉人倒退？一本書能給人以樂觀精神呢，抑或使人悲觀？一本書能增加人的智慧呢，抑或增強人的愚蠢？一本書能提高人的精神境界呢，抑或拉低？一本書能增強人的倫理道德水準呢，抑或壓低？一本書能給人以力量呢，抑或使人軟弱？一本書能激勵人向困難作鬥爭呢，抑或讓人向困難低頭？一本書能給人以高尚的美感享受呢，抑或給人以低級下流的愉快？

類似的標準還能舉出一些來，但是，我覺得，上面這一些也就夠了。統而言之，能達到問題的前一半的，就是好書。若只能與後一半相合，這就是壞書。

拿上面這些標準來衡量池田大作先生的《人生箴言》，讀了這一本書，誰都會承認，它能鼓勵人前進；它能給人以樂觀精神；它能增加人的智慧；它能提高人的精神境界；它能增強人的倫理道德水準；它能給人以力量；它能鼓勵人與困難鬥爭；它能給人以高尚的美感享受。總之，在人生的道路上，它能幫助人明辨善與惡，明辨是與非；它能幫助人找到正確的道路，而不致迷失方向。

因此，我的結論只能是：這是一本好書。

如果有人認為我在上面講得太空洞，不夠具體，我不妨說得具體一點，並且從書中舉出幾個例子來。書中許多精闢的話，洋溢著作者的睿智和機敏。作者是日本蜚聲國際的社會活動家、思想家、宗教活動家。在他那波瀾壯闊的一生中，透過自己的眼睛和心靈，觀察人生，體驗人生，終於參透了人生，達到了圓融無礙的境界。

書中的話就是從他深邃心靈中撒出來的珠玉，句句閃耀著光芒。讀這樣的書，真好像是走入七寶樓臺，發現到處是奇珍異寶，揀不勝揀。又好像是行在山陰道上，令人應接不暇。

本書第一篇〈人生〉中的第一段話，就值得我們細細地玩味：「我認為人生中不能沒有爽朗的笑聲。」第二段話：「我希望能在真正的自我中，始終保持不斷創造新事物的創造性和為人們、為社會作出貢獻的社會性。」

這是多麼積極的人生態度，真可以振聾發聵！

我自己已經到了耄耋之年，特別欣賞這一段話：「『老』的美，老而美——這恐怕是比人生任何時期的美都要尊貴的美。老年或晚年，是人生的秋天。要說它的美，我覺得那是一種霜葉的美。」

我讀了以後，陡然覺得自己真「美」起來了，心裡又溢滿了青春的活力。這樣精彩的話，書中到處都是，我不再做文抄公了，讀者自己去尋找吧。

現在正是秋天，紅於二月花的霜葉就在我的窗外，案頭上正擺著這一部書的譯稿。我這個霜葉般的老年人，舉頭看紅葉，低頭讀華章，心曠神怡，衰頹的暮氣一掃而光，提筆寫了這一篇短序[3]，真不知老之已至矣。

一九九四年十一月八日

3 此篇為《人生箴言》一書序言。

知足知不足

曾見冰心老人為別人題座右銘：「知足知不足，有為有不為。」言簡意賅，尋味無窮。特寫短文兩篇，稍加詮釋。

先講知足知不足。

有一句老話說：「知足常樂。」為大家所遵奉。什麼叫「知足」呢？還是先查一下字典吧。《現代漢語詞典》說：「知足：滿足於已經得到的（指生活、願望等）。」如果每個人都能滿足於已經得到的東西，則社會必能安定，天下必能太平，這個道理是顯而易見的。可是社會上總會有一些人不安分守己，癩蛤蟆想吃天鵝肉。這樣的人往往要栽大跟頭的。對他們來說，「知足常樂」這句話就成了靈丹妙藥。

但是，知足或者不知足也要分場合的。在舊社會，窮人吃草根樹皮，闊人吃燕窩魚翅。在這樣的場合下，你勸窮人知足，能勸得動嗎？正相反，應當鼓勵他們不能知足，要起來鬥爭。這樣的不知足是正當的，是有重大意義的，它能伸張社會正義，能推動人類社會前進。

除了場合以外，知足還有一個關乎分的問題。什麼叫分？籠統言之，就是適當的限度。人們常說的安分、非分等等，指的就是限度。這個限度也是極難掌握的，是因人而異、因地而異的。勉強找一個標準的話，那就是「約定俗成」。我想，冰心老人之所以寫這一句話，其意不過是勸人少存非分之想而已。

至於知不足，在漢文中雖然字面上相同，其含義則有差別。這裡所謂「不足」，指的是「不足之處」、「不夠完美的地方」。這句話同「自知之明」有所聯繫。

自古以來，就有一句老話說：「人貴有自知之明。」這一句話暗示我們，有自知之明並不容易，否則這一句話就用不著說了。事實上也確實如此。就拿現在來說，我所見到的人，大都自我感覺良好。

專以學界而論，有的人並沒有讀幾本書，卻不知天高地厚，以天才自居，靠自己一點小聰明——這能算得上聰明嗎？——狂傲恣睢，罵盡天下一切文人，大有用一管毛錐橫掃六合之概，令明眼人感到既可笑，又可憐。這種人往往沒有什麼出息。

因為，又有一句老話說道：「學如逆水行舟，不進則退。」還有一句：「學海無涯。」說的都是真理。但在這些人眼中，他們已經窮了學海之源，往前再沒有路了，進步是沒有必要的。他們除了自我欣賞之外，還能有什麼出息呢？

古代希臘人也同樣認為自知之明是可貴的，所以語重心長地說出了：「要了解你自己！」我們同希臘相距萬里，可竟說了幾乎是一模一樣的話，可見這些話是普遍的真理。中外幾千年的思想史和科學史，也都證明了一個事實：只有知不足的人才能為人類文化做出貢獻。

二〇〇一年二月二十一日

有為有不為

「為」，就是「做」。應該做的事，必須去做，這就是「有為」。不應該做的事必不能做，這就是「有不為」。

在這裡，關鍵是「應該」二字。什麼叫「應該」呢？這有點像仁義的「義」字。韓愈給「義」字下的定義是「行而宜之之謂義」。「義」就是「宜」，而「宜」就是「合適」，也就是「應該」，但問題仍然沒有解決。

要想從哲學上，從倫理學上，說清楚這個問題，恐怕要寫上一篇長篇論文，甚至一部大書。我沒有這個能力，也認為根本無此必要。我覺得，只要訴諸一般人都能夠有的良知良能，就能分辨清是非善惡了，就能知道什麼事應該做，什麼事不應該做了。

古人說：「勿以善小而不為，勿以惡小而為之。」可見善惡是有大小之別的，應該不應該也是有大小之別的，並不是都在一個水準上。什麼叫大，什麼叫小呢？這裡也用不著煩瑣的論證，只須動一動腦筋，睜開眼睛看一看社會，也就夠了。

小惡、小善，在日常生活中隨時可見，比如，在公共汽車上讓座給老人和病人，能讓，算是小善；不能讓，也只能算是小惡，算不上大逆不道。

然而，從那些一看到有老人或病人上車就立即裝出閉目養神模樣的人身上，不也能由小見大看出了社會道德的水準嗎？

至於大善大惡，目前社會中也可以看到，但在歷史上卻看得更清楚。比如宋代的文天祥。他為元軍所虜，如果他想活下去，屈膝投敵就行了，不但能活，而且還能有大官做，最多是在身後被列入《貳臣傳》，「身後是非誰管得」，管那麼多幹嘛呀。

然而他卻高賦《正氣歌》，從容就義，留下英名萬古傳，至今還在激勵著我們的愛國熱情。

透過上面舉的一個小惡的例子和一個大善的例子，我們大概對大小善和大小惡能夠得到一個籠統的概念了。凡是對國家有利，對人民有利，對人類發展前途有利的事情就是大善，反之就是大惡。凡是對處理人際關係有利，對保持社會安定團結有利的事情可以稱之為小善，反之就是小惡。大小之間有時難以區別，但這只不過是一個大體的輪廓而已。

大小善和大小惡有時候是有聯繫的。但是，一旦得逞，嘗到甜頭，又沒被人發現，於是膽子越來越大，終至於一發而不可收拾，最後受到法律的制裁，悔之晚矣。也有個別的識時務者，迷途知返，就是所謂浪子回頭者，然而難矣哉！

我的希望很簡單，我希望每個人都能有為有不為。一旦「為」錯了，就毅然回頭。

二〇〇一年二月二十三日

貳／有福讀書，可慰平生

為什麼讀書是一件「好事」呢？也許有人認為，

這就等於問「為什麼人要吃飯」一樣幼稚又唐突，

因為沒有人反對吃飯，

也沒有人說讀書不是一件好事。

但是，我卻認為，凡事都必須問一個「為什麼」，

事出都有因，不應當馬馬虎虎，等閒視之。

天下第一好事，還是讀書

古今中外讚美讀書的名人和文章，多得不可勝數。張元濟先生有一句簡單樸素的話：「天下第一好事，還是讀書。」天下而又第一，可見他對讀書重要性的認識。為什麼讀書是一件好事呢？

也許有人認為，這問題提得幼稚而又突兀。這就等於問「為什麼人要吃飯」一樣，因為沒有人反對吃飯，也沒有人說讀書不是一件好事。

但是，我卻認為，凡事都必須問一個「為什麼」，事出都有因，不應當馬馬虎虎，等閒視之。現在就談一談我個人的認識，談一談讀書為什麼是一件好事。

凡是事情古老的，我們常常總說「自從盤古開天地」。我現在還要從盤古開天地以前談起，從人類脫離了獸界進入人界開始談。人變成了人以後，就開始積累人的智慧，這種智慧如滾雪球，越滾越大，也就是越積越多。

禽獸似乎沒發現有這種本領。一隻蠢豬一萬年以前是這樣蠢，到了今天仍然是這樣蠢，沒有增加什麼智慧；人則不然。不但能隨時增加智慧，而且根據我的觀察，增加的速度越來越快，猶如物體從高空下墜一般。到了今天，達到了知識爆炸的水準。

最近一段時間以來，生物複製技術使全世界的人都大吃一驚。有的人竟憂心忡忡，不知這種技術發展伊於胡底。信耶穌教的人擔心將來一旦複製出了人類，他們的上帝將向何處躲藏。

人類千百年以來保存智慧的手段不出兩端：一是實物，比如長城等等；二是書籍。以後者為主。在發明文字以前，保存智慧靠記憶；文字發明了以後，則使用書籍。

把腦海裡記憶的東西搬出來，搬到紙上，就形成了書籍，書籍是貯存人類代代相傳的智慧寶庫。後一代人必須讀書，才能繼承和發揚前人的智慧。人類之所以能夠進步，永遠不停地向前邁進，靠的就是能讀書又能寫書的本領。

我常常想，人類向前發展，猶如接力賽跑，第一代人跑第一棒；第二代人接過棒來，跑第二棒，以至第三棒、第四棒，永遠跑下去，永無窮盡，這樣智慧的傳承也永無窮盡。這樣的傳承靠的主要就是書，書是事關人類智慧傳承的大事，這樣一來，讀書不是「天下第一好事」又是什麼呢？

但是，話又說了回來，過去歷代都有「讀書無用論」的說法。讀書的知識分子，古代通稱之為「秀才」，常常成為被取笑的對象，比如說什麼「秀才造反，三年不成」，是取笑秀才的無能。這話不無道理。

在古代——請注意，我說的是「在古代」，今天已經完全不同了——造反而成功者幾乎都是不識字的痞子流氓。

中國歷史上兩個馬上皇帝，開國「英主」劉邦和朱元璋，都屬此類。詩人只有慨嘆「可惜劉項不讀書」。秀才最多也只有成為這一批人的「幫忙」或者「幫閒」，幫不上的，就只好慨嘆「儒冠多誤身」了。

但是，話還要再說回來，我們悠久的優秀傳統文化傳承者，是這一批人，還是「秀才」？答案皎如天日。

這一批「讀書無用論」的現身「說法」者：高祖、太祖之類，除了鎮壓人民、剝削人民之外，只給後代留下了什麼陵之類，供今天旅遊業業者賺錢而已。

總而言之，天下第一好事，還是讀書。

一九九七年四月八日

開卷有益

這是一句老生常談。如果要追溯起源的話，那就要追到一位皇帝身上。宋王辟之《澠水燕談錄》卷六：

（宋）太宗日閱《（太平）御覽》三卷，因事有闕，暇日追補之。嘗曰：「開卷有益，朕不以為勞也。」

這一段話說不定也是「頌聖」之辭，不盡可信。然而我寧願信其有，因為它真說到點子上了。

魯迅先生有時候說「隨便翻翻」，我看意思也一樣。他之所以能博聞強記，博古通今，與「隨便翻翻」是有密切聯繫的。

「卷」指的是書，「隨便翻翻」也指的是書。書為什麼能有這樣大的威力呢？自從人類創造了語言，發明了文字，抄或印成了書，書就成了傳承文化的重要載體。人類要生存下去，文化就必須傳承下去，因而書也就必須讀下去。

特別是在當今資訊爆炸的時代中，我們必須及時得到資訊。只有這樣，人才能瀟灑地生活下去，否則將適得其反。資訊怎樣得到呢？看能得到資訊，聽也能得到資訊，而讀書仍然是重要的資訊源，所以非讀書不可。

什麼人需要讀書呢？在將來人類共同進入大同之域時，人人都必得要而且是肯讀書的，以此為樂，而不以此為苦。在眼前，我們還做不到這一步。如今有個別的「大款」，也同劉邦和項羽一樣，是不讀書的。不讀書照樣能夠發大財。然而，我認為，這只是暫時現象，相信不久就會改變。

對於已畢業或未畢業的大學生，他們是我們的希望，他們代表著未來。大學生們肩上的擔子重啊！他們是任重而道遠。為了使人類繼續生存，為了前對得起祖先，後對得起子孫，大學生們（當然還有其他一些人）必須讀書。這已是天經地義，無須爭辯。

根據我同北京大學學生的接觸和我對他們的觀察，絕大多數的學生還是肯讀書的。他們有的說，自己感到迷惘，不知所從。他們成立了一些社團，共同探討問題，研究人生，對人生的意義與價值感興趣，甚至想探究宇宙的奧祕。他們是肯思索的一代人，是可以信賴、極為可愛的一代年輕人。同他們在一起，我這個望九之年的老人也彷彿返老還童，心裡溢滿了青春活力。說這些青年不肯讀書，是不符合實際情況的。

讀什麼樣的書呢？自己專業的書當然要讀，這不在話下。自己專業以外的書也應該「隨便翻翻」。知識面越廣越好，得到的資訊越多越好，否則很容易變成鼠目寸光的人。鼠目寸光不但不利於自己專業的探討，也不利於生存競爭，不利於自己的發展，最終為大時代所拋棄。

因此，我奉獻給今天的大學生們一句話：開卷有益。

一九九四年四月五日

我和書

古今中外都有一些愛書如命的人。我願意加入這一行列。

書能給人以知識，給人以智慧，給人以快樂，給人以希望。但也能給人帶來麻煩，帶來災難。一九七六年地震的時候，也有人警告我，我坐擁書城，夜裡萬一有什麼情況，書城將會封鎖我的出路。

那種萬一的情況也沒有發生，我「死不改悔」，愛書如故，至今藏書已經發展到填滿了幾間房子。除自己購買以外，受贈的書籍越來越多。我究竟有多少書，自己也說不清楚。比較起來，大概是相當多的。

做抗震加固的一位工人師傅就曾多次對我說，這樣多的書，他過去從沒有見過。學校上級對我額外加以照顧，我如今已經有了幾間真正的書窩，那種臥室、書齋、會客室三位一體，或「初極狹，才通人」的桃花源的情況，已經成為歷史陳跡了。

有的年輕人看到我的書，瞪大了吃驚的眼睛問我：「這些書你都看過嗎？」我坦白承認，我只看過極少極少的一點。

「那麼，你要這麼多書幹嘛呢？」這確實是難以回答的問題。我沒有研究過藏書心理學，三言兩語，我說不清楚。我相信，古今中外愛書如命者也不一定都能說清楚。即使說出原因來，恐怕也是五花八門的吧。

要真正進行科學研究，我自己的書是遠遠不夠的。也許我投入的這一行有點怪。我還沒有發現全國任何圖書館能滿足——哪怕只是最低限度地滿足我的需要。有的題目有時由於缺書，進行不下去，只好讓它擱淺。我抽屜裡就積壓著不少這樣擱淺的稿子。

我有時候對朋友們開玩笑說：「搞我們這一行，要想有一個滿意的圖書室簡直比搞四化（紫微斗數的祿、權、科、忌四星）還要難。全國國民收入翻兩番（兩倍）的時候，我們也未必真能翻身。」這絕非聳人聽聞之談，事實正是這樣。

同我搞的這一行有類似困難的，全國還有不少。這都怪我們過去底子太薄，新中國成立後雖然做了不少工作，但是一時積重難返。

我現在只有寄希望於未來，發呼籲於同行。我們大家共同努力，日積月累，將來總有一天會徹底改變目前情況的。

古人說：「前人種樹，後人乘涼。」讓我們大家都來當種樹人吧。

一九八五年七月八日晨

藏書與讀書

有一個平凡的真理，直到耄耋之年，我才頓悟：我們是世界上最喜歡藏書和讀書的國家。

什麼叫讀書？我沒有能力，也不願意去下定義，姑且從孔老夫子談起吧。他老人家讀《易》，至於韋編三絕，可見用力之勤。當時還沒有紙，文章是用漆寫在竹簡上面的，竹簡用皮條拴起來，就成了書。翻起來很不方便，讀起來也有困難。

古時有這樣一句話，叫作「學富五車」，說一個人肚子裡有五車書，可見學問之大。這指的是用紙做成的書，如果是竹簡，則五車也裝不了多少部書。

後來發明了紙。這一來寫書方便多了，但是還沒有發明印刷術，藏書和讀書都要用手抄，這當然也不容易。如果一個人抄的話，一輩子也抄不了多少書。可是這絲毫也阻擋不住藏書和讀書者的熱情。古籍中不知有多少藏書和讀書的故事，也可以叫作佳話，而那浩如煙海的古籍，以及古籍中寄託的文化之所以能夠流傳下來，歷千年而不衰，不能不感謝這些愛藏書和讀書的先民。

後來北宋時期又發明了印刷術。有了紙，又能印刷，書籍流傳方便多了，從這時起，古籍中關於藏書和讀書的佳話，更多了起來。宋版、元版、明版的書籍被視為珍品。歷代都有一些藏書家，什麼絳雲樓、天一閣、鐵琴銅劍樓、海源閣等等，說也說不完。有的已經消失，有的至今仍在，繼續為當今社會服務。我們不能不感激這些藏書的祖先。

至於專門讀書的人，歷代記載更多。也還有一些關於讀書的佳話，什麼囊螢映雪之類。有人做過試驗，無論螢或雪，都不能亮到讓人能讀書的程度，然而在這一則佳話中所蘊含鼓勵人讀書的熱情，則是大家都能感覺到的。

還有一些鼓勵人讀書的話和描繪讀書樂趣的詩句。「書中自有顏如玉」之類的話，是大家都熟悉的，說這種話的人其「活思想」是非常不高明的，不會得到大多數人的讚賞。關於「四時讀書樂」一類的詩，也是大家所熟悉的。可惜我童而習之，至今老朽昏聵，只記住了一句「綠滿窗前草不除」，這樣的讀書情趣也是頗能令人嚮往的。

此外如「紅袖添香夜讀書」之類的讀書情趣，代表另一種趣味。據魯迅先生說，連大學問家劉半農也嚮往，可見確有動人之處了。「雪夜閉門讀禁書」代表的情趣又自不同，又是「雪夜」，又是「禁書」，不是也頗有人嚮往嗎？

這樣藏書和讀書的風氣，其他國家不能說一點沒有；但是據淺見所及，實在是遠遠不能同我們相比。因此我才悟出了「中國是世界上最愛藏書和讀書的國家」這一條簡明而意義深遠的真理。古代光輝燦爛的文化，有極大一部分是透過書籍傳流下來的。

到了今天，全體炎黃子孫如何對待這個問題，實際上是每個人都迴避不掉的。我們必須認真繼承世界上比較突出的優秀傳統，要讀書，讀好書。只有這樣，才能上無愧於先民，下造福於子孫萬代。

一九九一年七月五日

對我影響最大的幾本書

我是一個最枯燥乏味的人，枯燥到什麼嗜好都沒有。我自比是一棵只有枝幹並無綠葉更無花朵的樹。

如果讀書也能算是一個嗜好的話，我的唯一嗜好就是讀書。

我讀的書可謂多而雜，經、史、子、集都涉獵過一點，但極膚淺。小學中學階段，最愛讀的是「閒書」（沒有用的書），比如：《彭公案》、《施公案》、《洪公傳》、《三俠五義》、《小五義》、《東周列國志》、《說岳》、《說唐》等等，讀得如醉似癡。《紅樓夢》等古典小說是以後才讀的。讀這樣的書是好是壞呢？從我叔父眼中來看，是壞。但是，我卻認為是好，至少在寫作方面是有幫助的。

至於哪幾部書對我影響最大，幾十年來我一貫認為是兩位大師的著作：在德國是海因里希・盧德斯（Heinrich Lüders），我老師的老師；在中國是陳寅恪先生。兩個人都是考據大師，方法縝密到神奇的程度。從中也可以看出我個人興趣之所在。我稟性板滯，不喜歡玄之又玄的哲學。我喜歡摸得著看得見的東西，而考據正合吾意。

盧德斯是世界公認的梵學大師，研究範圍頗廣，對印度的古代碑銘有獨到深入的研究。印度每有新碑銘發現而又無法讀通時，大家就說：「到德國去找盧德斯去！」可見盧德斯權威之高。

印度兩大史詩之一的《摩訶婆羅多》從核心部分起，滾雪球似的一直滾到後來成型的大書，其間共經歷了七、八百年。誰都知道其中有不少層次，但沒有一個人說得清楚。弄清層次問題的又是盧德斯。

在佛教研究方面，他主張有一部「原始佛典」（Urkanon），是用古代半摩揭陀語寫成的，我個人認為這是千真萬確的事；歐美一些學者不同意，卻又拿不出半點可信的證據。盧德斯著作極多，中短篇論文集為一書的《古代印度語文論叢》，是我一生受影響最大的著作之一。這書對別人來說，可能是極為枯燥的，但是，對我來說卻是一本極為有味、極有靈感的書，讀之如飲醍醐。

在中國，影響我最大的書是陳寅恪先生的著作，特別是《寒柳堂集》、《金明館叢稿》。寅恪先生的考據方法同盧德斯先生基本上是一致的，不說空話，無證不信。二人有異曲同工之妙。我常想，寅恪先生從一個不大的切入口切入，**如剝春筍，每剝一層，都是信而有徵**，讓你非跟著他走不行，剝到最後，露出核心，也就是得到結論，讓你恍然大悟：原來如此，你沒有法子不信服。

寅恪先生考證不避瑣細，但絕不是為考證而考證，小中見大，其中往往含著極大的問題。比如，他考證楊玉環是否以處女入宮。這個問題確實極猥瑣，不登大雅之堂。無怪一個學者要說：「這太Trivial（微不足道）了。」焉知寅恪先生是想研究李唐皇族的家風。

在這個問題上，漢族與少數民族看法是不一樣的。寅恪先生是從看似細微的問題入手探討民族問題和文化問題，由小及大，使自己的立論堅實可靠。看來這位說那樣話的學者，是根本不懂歷史的。

在一次閒談時，寅恪先生問我，《梁高僧傳．卷九．佛圖澄傳》中載有鈴鐺的聲音「秀支替戾岡，僕谷劬禿當」，是哪一種語言？原文說是羯語，不知何所指？我到今天也回答不出來。

由此可見寅恪先生讀書之細心，注意之廣泛。他學風謹嚴，在他的著作中到處可以給人以啟發。讀他的文章，簡直是一種最高的享受。讀到興會淋漓時，真想浮一大白。

中德這兩位大師有師徒關係，寅恪先生曾受學於盧德斯先生。這兩位大師又同受戰爭之害，盧德斯生平致力於「Molānavarga」之研究，幾十年來批注不斷。「二戰」時手稿被毀。寅恪師生平致力於讀《世說新語》，幾十年來眉注累累。日寇入侵，逃往雲南，此書丟失於雲南。假如這兩部書能流傳下來，對梵學與國學將是無比重要之貢獻。然而先後毀失，為之奈何！

一九九九年七月三十日

我最喜愛的書

我在下面介紹的只限於中國文學作品，外國文學作品不在其中。我的專業書籍也不包括在裡面，因為太冷僻。

一、司馬遷《史記》

《史記》這一部書，很多人都認為它既是一部偉大的史籍，又是一部偉大的文學作品。我個人同意這個看法。平常所稱的「二十四史」中，儘管水準參差不齊，但是哪一部也不能望《史記》之項背。《史記》之所以能達到這個水準，司馬遷的天才當然是重要原因；但是他的遭遇起的作用似乎更大。他無端受了宮刑，以致鬱悶激憤之情溢滿胸中，發而為文，句句皆帶悲憤。他在《報任少卿書》中已有充分的表露。

二、《世說新語》

這不是一部史書，也不是某一個文學家和詩人的總集，而只是一部由許多頗短的小故事編纂而成的奇書。有些篇只有短短幾句話，連小故事也算不上。每一篇幾乎都有幾句或一句雋語，表面簡單淳樸，內容卻深奧異常，令人回味無窮。六朝和稍前的一個時期內，社會動亂，出了許多看來脾氣相當古怪的人物，外似放誕，內實懷憂。他們的舉動與常人不同。此書記錄了他們的言行，短短幾句話，而栩栩如生，令人難忘。

三、陶淵明的詩

有人稱陶淵明為「田園詩人」。籠統言之，這個稱號是恰當的。他的詩確實與田園有關。「採菊東籬下，悠然見南山」，這樣的名句幾乎是家喻戶曉的。從思想內容上來看，陶淵明頗近道家，中心是純任自然。從文體上來看，他的詩簡易淳樸，毫無雕飾，與當時流行的鏤金錯彩的駢文迥異其趣。因此，在當時以及以後的一段時間內，對他的詩的評價並不高，在《詩品》中，僅列為中品。但是，時間越後，評價越高，最終成為中國偉大詩人之一。

四、李白的詩

李白是中國文學史上最偉大的天才之一，這一點是誰都承認的。杜甫對他的詩給予了最高的評價：「白也詩無敵，飄然思不群。清新庾開府，俊逸鮑參軍。」李白的詩風飄逸豪放。根據我個人的感受，讀他的詩，只要一開始，你就很難停住，必須讀下去。原因我認為是，李白的詩一氣流轉，這一股「氣」不可抗禦，讓你非把詩讀完不行。這在別的詩人作品中，是很難遇到的現象。在唐代，以及以後的一千多年中，對李白的詩幾乎只有讚譽，而無批評。

五、杜甫的詩

杜甫也是一個偉大的詩人，千餘年來，李杜並稱。但是二人的創作風格卻迥乎不同：李是飄逸豪放，而杜則是沉鬱頓挫。從使用的格律上，也可以看出二人的不同。

七律在李白集中比較少見，而在杜甫集中則頗多。擺脫七律的束縛，李白是沒有枷鎖跳舞；杜甫善於使用七律，則是帶著枷鎖跳舞，二人的舞都達到了極高的水準。在文學批評史上，杜甫頗受到一些人的指摘，而對李白則絕無僅有。

六、南唐後主李煜的詞

後主詞傳留下來的僅有三十多首，可分為前後兩期：前期仍在江南當小皇帝，後期則已降宋。後期詞不多，但是篇篇都是傑作，純用白描，不作雕飾，一個典故也不用，話幾乎都是平常的白話，老嫗能解；然而意境卻哀婉淒涼，千百年來打動了千百萬人的心。他在詞史上巍然成一大家，受到了文藝批評家的讚賞。但是，對王國維在《人間詞話》中讚美後主有佛祖的胸懷，我卻至今尚不能解。

七、蘇軾的詩文詞

中國古代讚譽文人有三絕之說。三絕者，詩、書、畫三個方面皆能達到極高水準之謂也。蘇軾至少可以說已達到了五絕：詩、書、畫、文、詞。因此，我們可以說，蘇軾是中國文學史和藝術史上最全面的偉大天才。論詩，他為宋代一大家。論文，他是唐宋八大家之一。筆墨凝重，大氣磅礴。論書，他是宋代蘇、黃、米、蔡四大家之首。論詞，他擺脫了婉約派的傳統，創豪放派，與辛棄疾並稱。

八、納蘭性德的詞

宋代以後，中國詞的創作到了清代又掀起了一個新的高潮。名家輩出，風格不同，又都能各極其妙，實屬難能可貴。在這群燦若列星的詞家中，我獨獨喜愛納蘭性德。他是大學士明珠的兒子，生長於榮華富貴中，然而卻胸懷愁思，流溢於楮墨之間。這點我至今還難以得到滿意的解釋。從藝術性方面來看，他的詞可說是已達到了完美的境界。

九、吳敬梓《儒林外史》

胡適之先生給予《儒林外史》極高的評價。詩人馮至也酷愛此書。我自己也是極為喜愛《儒林外史》的。

此書的思想內容是反科舉制度，昭然可見，用不著細說，它的特點在藝術性上。吳敬梓惜墨如金，從不作冗長描述。書中人物眾多，各有特性，作者只講一個小故事，或用短短幾句話，活脫脫一個人就彷彿站在我們眼前，栩栩如生。這種特技極為罕見。

十、曹雪芹《紅樓夢》

在古今中外眾多的長篇小說中，《紅樓夢》是一顆璀璨的明珠，是狀元。中國其他長篇小說都沒能成為「學」，而「紅學」則是顯學。內容描述的是一個大家族的衰微過程。本書特異之處也在它的藝術性上。書中人物眾多，男女老幼、主子奴才，五行八作，應有盡有。作者有時只用寥寥數語而人物就活靈活現，讓讀者永遠難忘。讀這樣一部書，主要是欣賞它高超的藝術手法。那些把它政治化的無稽之談，都是不可取的。

二〇〇一年三月二十一日

希望在你們身上

人類社會的進步，有如運動場上的接力賽。老年人跑第一棒，中年人跑第二棒，年輕人跑第三棒。彼此各有各的長度，各有各的任務，互相協調，共同努力，以期獲得最後勝利。

這裡面並沒有高低之分，而只有前後之別。老年人不必「以老賣老」，年輕人也不必「倚少賣少」。老年人當然先走，年輕人也會變老。如此循環往復，流轉不息。這是宇宙和人世間的永恆規律，誰也改變不了一絲一毫。所謂社會的進步，就寓於其中。

有句古話說：「長江後浪推前浪，世上新人換舊人。」像我這樣年屆耄耋的老朽，當然已是「舊人」。

我們可以說是已經交了棒，看你們年輕人奮勇向前了。但是我們雖無棒在手，也絕不會停下不走，「坐以待斃」；我們仍然要焚膏繼晷，獻上自己的餘力，跟年輕人同心協力，把國家的事情辦好。

我說的這一番道理，跡近老生常談，然而卻是真理。人世間的真理都是明白易懂的。可是，芸芸眾生，花花世界，渾渾噩噩者居多，而明明白白者實少。你們年輕人感覺銳敏，英氣蓬勃，首先應該認識這個真理。

要想樹立正確的人生觀和價值觀，也必須從這裡開始。換句話說就是，要認清自己在人類社會進化的漫漫長河中的地位。人類的前途要由你們來決定，祖國的前途要由你們來創造。這就是你們年輕人的責任。千萬不要把人生觀和價值觀當作一個哲學命題來討論，徒托空談，無補實際。一切人生觀和價值觀，離開了這個責任感，都是空談。

那麼，我作為一個老人，要對你們說些什麼座右銘呢？你們想要從我這裡學些什麼經驗呢？我沒有多少哲理，我也討厭說些空話、廢話、假話、大話。我一無靈丹妙藥，二無錦囊妙計。我只有一點明白易懂、簡單樸素，跡近老生常談又確實是真理的道理。我引一首宋代大儒朱子的詩：

少年易老學難成，一寸光陰不可輕。
未覺池塘春草夢，階前梧葉已秋聲。

明白易懂，用不著解釋。這首詩的關鍵有二：一是要學習，二是要惜寸陰。朱子心目中的「學」，同我們的當然不會完全一樣。這個道理也用不著多加解釋，只要心裡明白就行。至於愛惜光陰，更是易懂。然而真正能實行者，卻不多見。

這就是一個耄耋老人對你們的肺腑之談。年輕人，好自為之。世界是你們的。

一九九四年十二月四日

一寸光陰不可輕

中華乃文章大國，北大為人文淵藪，二者實有密不可分的聯繫，倘機緣巧遇，則北大必能成為產生文學家的搖籃。五四運動時期是一個具體的例證，最近幾十年來又是一個鮮明的例證。

在這兩個時期的中國文壇上，北大人燦若列星。這一個事實我想人們都會承認的。最近若干年來，我實在忙得厲害，像五〇年代那樣在教書和搞行政工作之餘，還能有餘裕時間讀點當時文學作品的「黃金時代」一去不復返了。不過，幸而我還不能算是一個懶漢，在「內憂」、「外患」的罅隙裡，我總要擠出點時間來，讀一點北大青年學生的作品。

《校刊》上發表的文學作品，我幾乎都看。前不久我讀到〈北大往事〉，這是北大七〇、八〇、九〇三個年代的青年回憶和書寫北大的文章。其中有些篇思想新鮮活潑，文筆清新俊逸，真使我耳目為之一新。

古人說：「雛鳳清於老鳳聲。」如果大家允許我也在其中濫竽一席的話，我和我們這些「老鳳」，真不能不向你們這一批「雛鳳」投過去羨慕和敬佩的眼光了。

但是，古人又說：「滿招損，謙受益。」我希望你們能夠認真體會這兩句話的含義。「倚老賣老」固不足取，「倚少賣少」也同樣是值得年輕人警惕的。

天下萬事萬物，發展永無窮期。人外有人，天外有天，「老子天下第一」的想法是絕對錯誤的。

你們對老祖宗遺留下來浩如煙海的文學作品，必須有深刻的了解。最好能背誦幾百首舊詩詞和幾十篇古文，讓它們隨時涵蘊於你們心中，低吟於你們口頭。這對於你們的文學創作和人文素質的提高，都會有極大的好處。不管你們現在或將來是教書、研究、經商、從政，或者是專業作家，都是如此，概莫能外。

對外國的優秀文學作品，也必實下一番工夫，簡練揣摩。這對你們的文學修養是絕不可少的。如果能做到這一步，則你們必然能融會中西，貫通古今，創造出更新更美的作品。

宋代大儒朱子有一首詩，我覺得很有針對性，很有意義，我現在抄給大家：

少年易老學難成，一寸光陰不可輕。

未覺池塘春草夢，階前梧葉已秋聲。

這一首詩，不但對青年有教育意義，對我們老年人也同樣有教育意義。文字明白如畫，用不著過多的解釋。光陰，對青年和老年，都是轉瞬即逝，必須愛惜。「一寸光陰一寸金，寸金難買寸光陰」，這是古人留給我們的兩句意義深刻的話。

你們現在是處在「燕園幽夢」中，你們面前是一條陽關大道，是一條鋪滿了鮮花的陽關大道。你們要在這條大道上走上七十、八十、九十年，或者更多的年，為人民，為人類做出出類拔萃的貢獻。

但願你們永不忘記這一場燕園夢，永遠記住自己是一個北大人，一個值得驕傲的北大人，這個名稱會帶給你們美麗的回憶，帶給你們無量的勇氣，帶給你們奇妙的智慧，帶給你們悠遠的憧憬。

有了這些東西，你們就會自強不息，無往不利，不會虛度此生。這是我的希望，也是我的信念[4]。

一九九八年五月三日

4　本文是為《燕園幽夢》寫的序。

叁／縱浪大化，不憂不懼

每個人都爭取一個完滿的人生。

然而，自古及今，海內海外，

一個百分之百完滿的人生是沒有的。

所以我說，不完滿才是人生。

這是一個「平凡的真理」；

但是真能了解其中的意義，對己對人都有好處。

毀譽

好譽而惡毀，人之常情，無可非議。

古代豁達之人宣導把毀譽置之度外。我則另持異說，主張把毀譽置之度內。置之度外，可能表示一個人心胸開闊，但我有點擔心，這有可能表示一個人的糊塗或顢頇。

我主張對毀譽要加以細緻分析。首先要分清：誰毀你？誰譽你？在什麼時候？在什麼地方？由於什麼原因？這些情況弄不清楚，只談毀譽，至少是有點模糊。

我記得在什麼筆記上讀到過一個故事。一個人最心愛的人，只有一隻眼。於是他就覺得天下人（一隻眼者除外）都多長了一隻眼。這樣的毀譽能靠得住嗎？

還有我們常常講什麼「黨同伐異」，又講什麼「臭味相投」等等。這樣的毀譽能相信嗎？

孔門賢人子路「聞過則喜」，古今傳為美談。我根本做不到，而且也不想做到，因為我要分析：是誰說的？在什麼時候？在什麼地點？因為什麼而說的？分析完了以後，再定「則喜」，或是「則怒」。

喜，我不會過頭；怒，我也不會火冒十丈，怒髮衝冠。孔子說：「野哉由也！」大概子路是一個粗線條的人物，心裡沒有像我上面說的那些彎彎繞。

我自己有一個頗為不尋常的經驗。我根本不知道世界上有某一位學者，過去對於他的存在，我一點都不知情，然而，他卻同我結了怨。因為，我現在所占有的位置，他認為本來是應該屬於他的，是我這個「鳩」把他這個「鵲」的「巢」占據了。因此，勃然對我心懷不滿。我被蒙在鼓裡，很久很久，最後才有人透了點風給我。我不知道，天下竟有這種事，只能一笑置之。不這樣又能怎樣呢？我想向他道歉，挖空心思，也找不出絲毫理由。

大千世界，芸芸眾生，由於各人稟賦不同，遺傳基因不同，生活環境不同，所以各人的人生觀、世界觀、價值觀、好惡觀等等，都不會一樣，都會有點差別。比如吃飯，有人愛吃辣，有人愛吃鹹，有人愛吃酸，如此等等。又比如穿衣，有人愛紅，有人愛綠，有人愛黑，如此等等。在這種情況下，最好是各人自是其是，而不必非人之非。

俗語說：「各人自掃門前雪，不管他人瓦上霜。」這話本來有點貶義，我們可以正用。每個人都會有友，也會有「非友」，我不用「敵」這個詞兒，避免誤會。友，難免有譽；非友，難免有毀。碰到這種情況，最好抱持上面所說的分析態度，切不要籠而統之，一鍋糊塗粥。

好多年來，我曾有過一個「良好」的願望：我對每個人都好，也希望每個人對我都好。只望有譽，不能有毀。最近我恍然大悟，那是根本不可能的。**如果真有一個人，人人都說他好，這個人很可能是一個極端圓滑的人，圓滑到琉璃球又能長出腳的程度。**

一九九七年六月二十三日

不完滿才是人生

每個人都想爭取一個完滿的人生。然而，自古及今，海內海外，一個百分之百完滿的人生是沒有的。所以我說，不完滿才是人生。

關於這一點，古今的民間諺語，文人詩句，說到的很多很多。最常見的比如蘇東坡的詞：「人有悲歡離合，月有陰晴圓缺，此事古難全。」南宋方岳（根據吳小如先生考證）詩句：「不如意事常八九，可與人言無二三。」這都是我們時常引用的，膾炙人口的。類似的例子還能夠舉出成百上千來。

這種說法適用於一切人，舊社會的皇帝老爺子也包括在裡面。他們君臨天下，「率土之濱，莫非王土」，可以為所欲為，殺人滅族，小事一端，按理說，他們不應該有什麼不如意的事。

然而，實際上，王位繼承，宮廷鬥爭，比民間殘酷萬倍。

他們威儀儼然地坐在寶座上，如坐針氈。雖然捏造了「龍馭上賓」這種神話，但他們自己也並不相信。皇族們想方設法以求得長生不老，最怕「一旦魂斷，宮車晚出」，連英主如漢武帝、唐太宗之輩也不能「免俗」。漢武帝造承露金盤，妄想飲仙露以長生；唐太宗服印度婆羅門的靈藥，期望借此以不死。結果，事與願違，仍然是「龍馭上賓」嗚呼哀哉了。

在這些皇帝手下的大臣們，「一人之下，萬人之上」，權力極大，驕縱恣肆，貪贓枉法，無所不至。在這一類人中，好東西大概極少，否則包公和海瑞等絕不會流芳千古，久垂宇宙了。

可這些人到了皇帝跟前，只是一個奴才，常言道：「伴君如伴虎。」可見他們的日子並不好過。據說明朝的大臣上朝時會在笏板上夾帶一點鶴頂紅，一旦皇恩浩蕩，欽賜極刑，連忙用舌尖舔一點鶴頂紅，立即涅槃，落得一個全屍。可見這一批人的日子也並不好過，談不到什麼完滿的人生。

至於我輩平頭老百姓，日子就更難過了。新中國成立前後，不能說沒有區別，可是一直到今天仍然是「不如意事常八九」。

早晨在早市上被小販「宰」了一刀；在公共汽車上被扒手割了包；踩了人一下，或者被人踩了一下，根本不會說「對不起」了，代之以對罵，或者甚至演出全武行；到了商店，難免會買到假冒偽劣的商品，又得生一肚子氣……誰又能說，我們的人生多是完滿的呢？

再說到我們這一批手無縛雞之力的知識分子，在歷史上一生中就難得過上幾天好日子。只一個「考」字，就能讓你談「考」色變。「考」者，考試也。在舊社會科舉時代，「千軍萬馬過獨木橋」，要上進，只有科舉一途，你只需讀一讀吳敬梓的《儒林外史》，就能淋漓盡致地了解到科舉的情況。以周進和范進為代表的那一批舉人進士，其窘態難道還不能讓你膽戰心驚、啼笑皆非嗎？

現在我們運氣好，得生於新社會中。然而那一個「考」字，宛如如來佛的手掌，你別想逃脫得了。

幼兒園升小學，考；小學升初中，考；初中升高中，考；高中升大學，考；大學畢業想當碩士，考；碩士想當博士，考。考、考、考，變成烤、烤、烤；一直到知命之年，厄運仍然難免，現代知識分子落到這一張密而不漏的天網中，無所逃於天地之間，我們的人生還談什麼完滿呢？

災難並不限於知識分子：「人人有一本難念的經。」所以我說「不完滿才是人生」。這是一個「平凡的真理」；但是真能了解其中的意義，對己對人都有好處。對己，可以不煩不躁；對人，可以互相諒解。這會大大地有利於整個社會的安定團結。

一九九八年八月二十日

走運與倒楣

走運與倒楣，表面上看起來，似乎是絕對對立的兩個概念。世人無不想走運，而絕不想倒楣。

其實，這兩件事是有密切聯繫的，互相依存，並互為因果。說極端了，簡直是一而二、二而一者也。這並不是我的發明創造。兩千多年前的老子已經發現了，他說：「禍兮福之所倚，福兮禍之所伏，孰知其極？其無正。」老子的「福」就是走運，他的「禍」就是倒楣。

走運有大小之別，倒楣也有大小之別，而二者往往是相通的。走的運越大，則倒的楣也越慘，二者之間成正比。中國有一句俗話說：「爬得越高，跌得越重。」形象生動地說明了這種關係。

吾輩小民，過著平平常常的日子，天天忙著吃、喝、拉、撒、睡，操持著柴、米、油、鹽、醬、醋、茶。有時候難免走點小運，有的是主動爭取來的，有的是時來運轉，好運從天上掉下來的。高興之餘，不過喝上二兩二鍋頭，飄飄然一陣了事。但有時又難免倒點小楣，「閉門家中坐，禍從天上來」，沒有人去爭取倒楣的。倒楣以後，也不過心裡鬱悶幾天，對老婆孩子發點小脾氣，轉瞬就過去了。

但是，歷史上和眼前的那些大人物和大款們，他們一身繫天下安危，或者繫一個地區、一個行當的安危。他們得意時，比如打了一個大勝仗，或者倒賣房地產、炒股票，發了一筆大財，意氣風發、躊躇滿志，自以為天上天下，唯我獨尊。「固一世之雄也」，怎二兩二鍋頭了得！然而一旦失敗，不是自刎烏江，就是從摩天高樓跳下，「而今安在哉」！

從歷史到現在，中國知識分子有一個「特色」，這在西方國家是找不到的。中國歷代的詩人、文學家，不倒楣則走不了運。

司馬遷在《太史公自序》中說：「昔西伯拘羑里，演《周易》；孔子厄陳蔡，作

《春秋》；屈原放逐，著《離騷》；左丘失明，厥有《國語》；孫子臏腳，而論兵法；不韋遷蜀，世傳《呂覽》；韓非囚秦，《說難》、《孤憤》；《詩》三百篇，大抵賢聖發憤之所為作也。」

司馬遷算的這個總帳，後來並沒有改變。漢以後所有的文學大家，都是在倒楣之後，才寫出了震古鑠今的傑作。像韓愈、蘇軾、李清照、李後主等等一批人，莫不皆然。從來沒有過狀元宰相成為大文學家的。

了解了這一番道理之後，有什麼意義呢？我認為，意義是重大的。它能夠讓我們頭腦清醒，理解禍福的辯證關係：走運時，要想到倒楣，不要得意過了頭；倒楣時，要想到走運，不必垂頭喪氣。心態始終保持平衡，情緒始終保持穩定，此亦長壽之道也。

一九九八年十一月二日

糊塗一點，瀟灑一點[5]

最近一個時期，經常聽到人們的勸告：要糊塗一點，要瀟灑一點。

關於第一點糊塗問題，我最近寫過一篇短文〈難得糊塗〉。在這裡，我把糊塗分為兩種，一個叫真糊塗，一個叫假糊塗。

普天之下，絕大多數的人，爭名於朝，爭利於市。嘗到一點小甜頭，便喜不自勝，手舞足蹈，心花怒放，忘乎所以；碰到一個小釘子，便憂思焚心，眉頭緊皺，前途暗淡，哀嘆不已。這種人滔滔者天下皆是也。他們是真糊塗，但並不自覺。他們是幸福的，愉快的，願老天爺再向他們降福。

5 此文寫於二〇〇二年前後，具體寫作時間無法考證。

至於假糊塗或裝糊塗，則以鄭板橋的「難得糊塗」最為典型。鄭板橋一流的人物是一點也不糊塗的。但是現實的情況又迫使他們非假糊塗或裝糊塗不行。他們是痛苦的。我祈禱老天爺賜給他們一點真糊塗。

談到瀟灑一點的問題，首先必須對這個詞兒進行一點解釋。這個詞兒圓融無礙，誰一看就懂，再一追問就糊塗。給這樣一個詞兒下定義，是超出我的能力的。還是查一下詞典好。

《現代漢語詞典》的解釋是：「（神情、舉止、風貌等）自然大方，有韻致，不拘束。」看了這個解釋，我嚇了一跳。什麼神情，什麼風貌，又是什麼韻致，全是些抽象的東西，讓人無法把握。這怎麼能同我平常理解和使用的瀟灑掛上鉤呢？我是主張模糊語言的，現在就讓瀟灑這個詞兒模糊一下吧。

我想到中國六朝時代一些當時名士的舉動，特別是《世說新語》等書所記載的，比如劉伶的「死便埋我」，什麼「雪夜訪戴」，等等，應該算是「瀟灑」吧。可我立刻又想到，這些名士，表面上瀟灑，實際上心中如焚，時時刻刻擔心自己的腦袋。有的還終於逃不過去，嵇康就是一個著名的例子。

寫到這裡，我的思維活動又逼迫我把「瀟灑」也像「糊塗」一樣，分為兩類：一真一假。六朝人的瀟灑是裝出來的，因而是假的。

這些事情已經俱往矣，不大容易了解清楚。我舉一個現代的例子。二〇世紀三〇年代，我在清華讀書的時候，一位教授（姑隱其名）總想充當一下名士，瀟灑一番。冬天，他穿上錦緞棉袍，下裝穿的是錦緞棉褲，用兩條彩色絲帶把棉褲緊緊地繫在腿的下部。頭上頭髮也故意不梳得油光發亮。他就這樣飄飄然走進課堂，顧影自憐，大概十分滿意。在學生們眼中，他這種矯揉造作的瀟灑，卻是醜態可掬，辜負了他一番苦心。

同這位教授唱對臺戲的，則是當然並非有意的俞平伯先生。有一天，平伯先生把腦袋剃了個精光，高視闊步，昂然從城內的住處出來，走進了清華園。園中幾千人裡，這是唯一一個精光的腦袋，見者無不駭怪，指指點點，竊竊私議，而平伯先生則全然置之不理，照樣登上講臺，高聲朗誦宋代名詞，搖頭晃腦，怡然自得。朗誦完了，連聲高呼：「好！好！就是好！」此外再沒有別的話說。

古人說：「是真名士自風流。」同那位教英文的教授一比，誰是真風流，誰是假風流；誰是真瀟灑，誰是假瀟灑，昭然呈現於光天化日之下。

這一個小例子，並沒有什麼深文奧義，只不過是想辨真偽而已。

為什麼人們提倡糊塗一點，瀟灑一點呢？我個人覺得，這能提高人們的和為貴精神，大大地有利於安定團結。

寫到這裡，這一篇短文可以說是已經寫完了。但是，我還想加上一點個人的想法。當前，我國舉國上下，爭分奪秒，奮發圖強，鞏固我們的政治，發展我們的經濟，期能在預期時間內建成名副其實的小康社會。哪裡容得半點糊塗、半點瀟灑！但是，我們一向是按照辯證法的規律行動的。

古人說：「文武之道，一張一弛。」有張無弛不行，有弛無張也不行。張弛結合，斯乃正道。提倡糊塗一點，瀟灑一點，正是為了達到這個目的的。

真理愈辯愈明嗎

學者們常說：「真理愈辯愈明。」我也曾長期虔誠地相信這一句話。但是，最近我忽然大徹大悟，覺得事情正好相反，真理是愈辯愈糊塗。

我在大學時曾專修過一門課「西洋哲學史」，後來又讀過幾本《中國哲學史》和《印度哲學史》。我逐漸發現，世界上沒有哪兩個或多個哲學家的學說完全是一模一樣的。有如大自然中的樹葉，沒有哪幾片是絕對一樣的。有多少樹葉就有多少樣子。在人世間，有多少哲學就有多少學說，每個哲學家都認為自己掌握了真理，有多少哲學家就有多少真理。

專以中國哲學而論，幾千年來，哲學家們不知創造了多少理論和術語。表面上看起來，所用的中國字都是一樣的；然而哲學家們賦予這些字的涵義卻不相同。比如韓愈的

〈原道〉是膾炙人口、家喻戶曉的。文章開頭就說：「博愛之謂仁，行而宜之之謂義，由是而之焉之謂道，足乎己無待於外之謂德。」韓愈大概認為，仁、義、道、德就代表了中國的「道」。他的解釋簡單明瞭，一看就懂。然而，倘一翻《中國哲學史》，則必能發現，諸家對這四個字的解釋多如牛毛，各自自是而非他。

那麼哲學家們辨（分辨）過沒有呢？他們辯（辯論）過沒有呢？他們既「辨」又「辯」。可是結果怎樣呢？結果是讓讀者如墮入五里霧中，眼花撩亂，無所適從。

我順手舉兩個中國過去辨和辯的例子。一個是《莊子．秋水》：「莊子與惠子遊於濠梁之上。莊子曰：『儵魚出遊從容，是魚樂也。』惠子曰：『子非魚，安知魚之樂？』莊子曰：『子非我，安知我不知魚之樂？』」我覺得，惠施還可以答覆：「子非我，安知我不知子不知魚之樂？」這樣辯論下去，一萬年也得不到結果。

還有一個辯論的例子是取自《儒林外史》：「丈人說：『你賒了豬頭肉的錢不還，也來問我要，終日吵鬧這事，哪裡來的晦氣！』陳和甫的兒子道：『老爹，假如這豬頭肉是你老人家自己吃了，你也要還錢？』丈人道：『胡說！我若吃了，我自然還。這都是你吃的！』陳和甫兒子道：『設或我這錢已經還過老爹，老爹用了，而今也要還人？』丈人道：『放屁！你是該人的錢，怎是我用的錢，怎是我用你的？』陳和甫兒子道：『萬一豬不生這個頭，難道他也來問我要錢？』」

以上兩個辯論的例子，恐怕大家都是知道的。莊子和惠施都是詭辯家。《儒林外史》是諷刺小說。要說這兩個對哲學辯論有普遍的代表性，那是言過其實。

但是，倘若你細讀中外哲學家「辨」和「辯」的文章，其背後確實潛藏著與上面兩個例子類似的東西。這樣的「辨」和「辯」能使真理愈辯愈明嗎？戞戞乎難矣哉！哲學家同詩人一樣，都是在作詩。作不作由他們，信不信由你們。這就是我的結論。

一九九七年十月二日

趨炎附勢

什麼叫「炎」？什麼叫「勢」？用不著咬文嚼字，指的不過是有權有勢之人。什麼叫「趨」？什麼叫「附」？也用不著咬文嚼字，指的不過是巴結、投靠、依附。這樣的人，古人稱之為「小人」。

趨附有術，其術多端，而歸納之，則不出三途：吹牛、拍馬、做走狗。借用太史公的三個字而賦予以新義，曰牛、馬、走。

現在先不談第一和第三，只談中間的拍馬。拍馬亦有術，其術亦多端。就其大者或最普通者而論之，不外察言觀色，脅肩諂笑，攻其弱點，投其所好。但是這樣做，並不容易，這裡需要聰明，需要機警，運用之妙，存乎一心。這是一門大學問。

記得在某一部筆記上讀到過一個故事。某書生在陽間善於拍馬。死後見到閻王爺，他知道陰間同陽間不同，閻王爺威嚴猛烈，動不動就讓死鬼上刀山，入油鍋。他連忙跪在閻王爺座前，坦白承認自己在陽間的所作所為，說到動情處，聲淚俱下。他恭頌閻王爺執法嚴明，不給人拍馬的機會。

這時，閻王爺忽然放了一個響屁。他跪行向前，高聲論道：「伏惟大王洪宣寶屁，聲若洪鐘，氣比蘭麝。」於是閻王爺「龍」顏大悅，既不罰他上刀山，也沒罰他入油鍋，生前的罪孽，一筆勾銷，讓他轉生去也。

笑話歸笑話，事實還是事實，人世間這種情況還少嗎？古今皆然，中外同歸。

中國古典小說中，有很多很多靠拍馬屁趨炎附勢的藝術形象。《今古奇觀》裡面有，《紅樓夢》裡面有，《儒林外史》裡面有，最集中的是《官場現形記》和《二十年目睹之怪現狀》。

在塵世間，一個人的榮華富貴，有的甚至如曇花一現。一旦失意，則如樹倒猢猻散，那些得意時對你趨附的人，很多會遠遠離開你，這倒也罷了。個別人會「反戈一擊」，想置你於死地，對新得意的人趨炎附勢。這種人當然是極少極少的，然而他們是人類社會的蛀蟲，我們必須高度警惕。

傳統美德中，對這類蛀蟲，是深惡痛絕的。孟子說：「脅肩諂笑，病於夏畦。」我在上面列舉的小說中，之所以寫這類蛀蟲，絕不是提倡鼓勵，而是加以鞭笞，替我們豎立一面反面教員的鏡子。

我們都知道，反面教員有時候是能起作用的，有了反面，才能更好地、更鮮明地凸出正面。這大大有利於發揚優秀的道德傳統。

一九九七年三月二十七日

緣分與命運

緣分與命運本來是兩個詞兒，都是我們口中常說、文中常寫的。但是，仔細琢磨起來，這兩個詞兒含義極為接近，有時達到了難解難分的程度。

緣分和命運可信不可信呢？我認為，不能全信，又不可不信。

我絕不是為算卦相面的「張鐵嘴」、「王半仙」之流的騙子來張目。算八字算命那一套騙人的鬼話，只要一個異常簡單的事實就能揭穿。試問普天之下——「番邦」暫且不算，因為老外那裡沒有這套玩意兒——同年、同月、同日、同時生的孩子有幾萬，幾十萬，他們一生的經歷難道都能夠絕對一樣嗎？絕對地不一樣，倒近於事實。

可你為什麼又說，緣分和命運不可不信呢？

我也舉一個異常簡單的事實。只要你把你最親密的人，你的老伴或者「小伴」（這是我創造的一個名詞兒，年輕的夫妻之謂也）同你自己相遇，一直到「有情人終成了眷屬」的經過回想一下，便立即會同意我的意見。

你們可能是一個生在天南，一個生在海北，中間經過了不知道多少偶然的機遇，有的機遇簡直是間不容髮，稍縱即逝，可終究沒有錯過，你們到底走到一起來了。即使是青梅竹馬的關係，也同樣有個「機遇」問題。這種「機遇」是報紙上的詞兒，哲學上的術語是「偶然性」，老百姓嘴裡就叫作「緣分」或「命運」。這種情況，誰能否認，又誰能解釋呢？沒有辦法，只好稱之為緣分或命運。

北京西山深處有一座遼代古廟，名叫「大覺寺」。此地有崇山峻嶺，茂林流泉，有三百年的玉蘭樹、二百年的藤蘿花，是一個絕妙的地方。將近二十年前，我騎自行車去過一次。當時古寺雖已破敗，但仍給我留下了深刻的印象，至今憶念難忘。

去年春末，北大中文系的畢業生歐陽旭邀我們到大覺寺去剪綵，原來他成了頗有基礎的企業家。他畢竟是書生出身，念念不忘為文化做貢獻。他在大覺寺裡創辦了一間明慧茶院，以弘揚中國的茶文化。我大喜過望，準時到了大覺寺。此時的大覺寺已完全煥然一新，雕梁畫棟，金碧輝煌，玉蘭已開過而紫藤尚開，品茗觀茶道表現，心曠神怡，渾然欲忘我矣。

將近一年以來，我腦海中始終有一個疑團：這個英年歧嶷的小夥子怎麼會到深山裡來興辦這麼一個茶院呢？前幾天，歐陽旭又邀我們到大覺寺去吃飯。坐在汽車上，我不禁向他提出了我的問題。

他莞爾一笑，輕聲說：「緣分！」原來在這之前他攜夥伴郊遊，黃昏迷路，撞到大覺寺裡來。愛此地之清幽，便租了下來，加以裝修，創辦了茶院。

此事雖小，可以見大。信緣分與不信緣分，對人的心情影響是不一樣的。信者勝可以做到不驕，敗可以做到不餒，絕不至勝則忘乎所以，敗則怨天尤人。

有句古話說：「盡人事而聽天命。」首先必須「盡人事」，否則餡兒餅絕不會自己從天上落到你嘴裡來。但又必須「聽天命」。**人世間，波詭雲譎，因果錯綜。只有能做到「盡人事而聽天命」，一個人才能永遠保持心情的平衡。**

一九九八年一月十六日

論說假話

我曾在本欄發表過兩篇論撒謊的千字文。現在我忽發奇想，想把撒謊或者說謊和說假話區別開來，我認為二者之間是有一點區別的，不管是多麼微妙，畢竟還是有區別。

我認為，撒謊有利於自己，多一半卻有害於別人。說假話或者不說真話，則彼此兩利。空口無憑，事例為證。有很多人有了點知名度，於是社會活動也就多了起來。今天這裡召開座談會，明天那裡舉行首發式[6]，後天又有某某人的紀念會，如此等等，不一而足。

事實上是不可能全參加的，而且從內心深處也不想參加。在這樣的情況下，如果都

6 首發式：指由主辦方舉辦的首次發行儀式，旨在引起廣泛關注，通常針對重要或具潛在價值的出版物或紀念品。

說實話的話：「我不願意參加，我討厭參加！」那就必然惹得對方不愉快，甚至耿耿於懷，見了面不跟你打招呼。

如果你換一種方式，換一個口氣，說：「很對不起，我已經另有約會了。」或者乾脆稱病不出，這樣必能保住對方的面子。即使他知道你說的不是真話，也無大礙，所謂心照不宣者，即此是也。身為是最愛面子的國家人民，彼此保住面子，大大有利於安定團結，切莫把這種事看作無足輕重。保住面子不就是兩利嗎？

我認為，這只是說假話或者不說真話，而不是撒謊。

《三國演義》中記載了一個小故事。有一次，曹操率兵出征，行軍路上缺了水，士兵都渴得難忍難耐。曹操眉頭一皺，計上心頭，坐在馬上，用馬鞭向前一指，說「前面有一片梅子林」。士兵馬上口中生津，因為梅子是酸的。於是難關度過，行軍照常。

曹操是不是撒了謊？當然是的。但是這個謊又有利於士兵，有利於整個軍事行動。算不算是只是說了點假話呢？我不敢妄自評斷。

有人說：「我們在社會上，甚至在家庭中，都是戴著假面具生活的。」這句話似乎有點過了頭。但是我們確實常戴面具，又是一個無法否認的事實。現在各商店都大肆提倡微笑服務。試問：售貨員的微笑都是真的嗎？都沒有戴面具嗎？恐怕不是，大部分的微笑只能是面具，社會效益和經濟效益取決於戴面具的熟練程度。

有的售貨員有戴面具的天賦，有假微笑的特異功能，則能以假亂真，得到了顧客的歡心，寄來了表揚信，說不定還與薪資或紅包掛上鉤。沒有這種天才的人，勉強微笑，就必然像電影《瞧這一家子》中陳強的微笑，令顧客毛骨悚然。結果不但拿不到紅包，還有被炒魷魚的危險。

在這裡我聯想到「顧客是上帝」這個口號，這是完全不正確的，買賣雙方，地位相等，哪裡有什麼上帝！這口號助長了一些尖酸刻薄挑剔成性的顧客威風，並不利於社會上的安定團結。

總之，我認為，**在日常社會交往中，說幾句假話，露出點不是出自內心的假笑，還是必要的，甚至是不可避免的**。

二〇〇〇年一月三十日

肆

行於天地，再遇自己

她們真正是毫不利己、專門利人的。

我覺得，一個人一生都能夠做到這一步，

是完全不可能的。

在某一段短暫的時間內，在某一件事情上，

暫時做到，是可能的。

然而，在臺北這些女義工身上，

我卻看到了這種境界。

我在延吉吃的第一頓飯

今天是我的生日。我來到這個世界上已經整整八十一年了。按天數算，共是二萬九千五百六十五天。平均每天吃三頓飯，共吃了八萬八千六百九十五頓飯。頓數多得不可謂不驚人了。

而且，我還吃遍了世界上三十多個國家的飯。多麼好吃的，多麼難吃的，多麼奇怪的，多麼正常的，我都吃過，而且都吃得下去。我自謂飯學已極精通，可以達到國際特級大師的標準了，對吃飯之事圓融自在，已臻化境。只要有飯可吃，我便吃之。吃飯真成了俗話說的「家常便飯」了。

到了延吉，剛一下飛機，到機場迎接我們的延邊大學鄭判龍副校長、盧東文人事處長、王文宏女士和金寬雄博士，隨隨便便一說：「我們到朝鮮冷麵館去吃個便飯吧！」

客隨主便，我就隨隨便便地答應了。數千里勞頓之餘，隨便吃一點便飯，難道還不是世間最愜意的事嗎？

我們好像是隨便走進一家飯館，坐在桌旁，我萬沒有想到，不遠千里來避暑的延吉，熱得竟超過了北京。在揮汗如雨之餘，菜逐漸上桌了。除了有點朝鮮風味以外，菜都是平平常常的，一點也沒有引起我的特別注意。只有肚子確實有點空了，於是就大吃起來。好在主人幾乎都是老朋友，他們不特別講求禮儀，強客人之所難；我們也就脫落形跡，不故作虛偽，任性之所好，隨隨便便地大吃起來。此時好像酷暑驟退，滿座生春，我真有點怡然自得，「不知何處是家鄉」了。

然而，正在此時，廚師卻端上了一條活蹦亂跳的大鱗魚來，我立即大吃一驚，把眼睛瞪得圓而且大，眼裡面的白內障還有什麼結膜炎，彷彿一掃而空，又能洞見纖微，視芥子如須彌山了。

我真不知道，我們這一群可敬可愛的延吉的老朋友主人，葫蘆裡想賣什麼藥。我的心忐忑直跳，不知如何是好。我以為還會有火鍋之類的東西端上桌來。說不定廚師還會親臨前線，表演一下殺煮活魚的神奇手段，好像古代匠人的運斤成風。或者從製錢的小眼裡把香油灌入瓶中。我屏住了呼吸，虔心以待。

但主人卻拿起了筷子，連聲說：「請！請！」他是要我們下筷子吃魚了。只需用筷子一撥，再一夾，一片生嫩——用廣東話說，應該是生猛的魚片，就能納入口中了。

我怎麼辦呢？我的心直跳，眼直瞪，手直顫，唇直抖。我行年八十，生平面臨的考驗，多如牛毛，而且五花八門，種類繁多。但是，今天這樣的考驗，我卻還沒有面臨過，且連夢想也沒有想到過。我鼓足了勇氣，拿起了筷子，手哆囉哆嗦地，把筷子伸向魚身，撥出了一片魚肉，眼睛一閉，狠心一下，硬是把魚片塞進嘴內。魚片究竟是什麼滋味，大家可以自己想像了。

可是，好客的主人卻偏偏要遵照當地人民的習慣，一定要把盛魚的瓷盤改動位置，一定要讓魚頭對準座上的主賓，就今天來說，當然就是我了。這真是火上加油，「屋漏偏遭連夜雨，船破又遇打頭風」。我心情迷離，神志恍惚，怵然、悚然、愴然、慫然、悖然、惘然無所措手足，一下子沉入夢幻之中……

我聽到這一條僅僅剩下頭和尾巴的魚，最初是慢聲細氣地開口對我說話了：「你可知道，你們人是從魚變來的嗎？我們魚類，本領也是異常驚人的。我們一條魚一下子就能夠下子成千上萬；如果沒有什麼東西遏制我們，用不了多少時間，我們魚就能夠把世界上的江、河、湖、海統統填滿。你們人有什麼本領呢？不知道是你們走了什麼後門，讓造化小鬼把你們變成了人，我們則是千萬年以來，毫不進化，仍然留在水裡，當我們的魚類。我們並沒有鬧情緒，找上級，鬧而優則人。我們是正派的，正直的，樂天知命的。既然命定為魚，我們就順順從從，任人宰割。我們自我感覺良好，從無非分之想，我們本來是魚嘛！」

我毛骨悚然，屁股下面發熱，有點坐不住了。

我以為魚已經把話說完了呢。然而不然。魚搖了兩下尾巴，張了張嘴，又說了起來：「可你們人真也太損了，你們的花樣真也太多了。你們在勾心鬥角之餘，把心思全用在吃上。德國人心眼稍微好一點，他們的法律不允許把活著的魚帶回家。日本人吃生魚片，已經可以說花樣翻新了。這也罷了，可你們把鬧派系的本領也用到飲食上來。全國分成了京、魯、川、粵、湘、蘇等等不知道多少菜系。這也罷了。可你們不知道從哪裡來的一股勁，專跟我們魚類耗上了。哪一個菜系也不放過我們，而且還是煎、炸、煮、炒、涮、烹、醃、烤，弄得我們狼狽不堪，魂不守舍。最可怕的是四川的乾燒，渾身是辣椒，辣得我們的魂兒都喘不過氣來。這一些你都知道嗎？」

我喘了一口氣，以為魚的訓話已經結束。

正當我伸出筷子想夾住最後一片魚片的時候，魚的嘴張得更大了，聲音也更提高了，又說了下去：「在延吉這裡，你們這些人不知道從哪裡來了這樣一股邪勁，非要讓我們完全活著，神志完全清醒，把我們的鱗皮揭開，把我們身上正面反面的肉都切成了一片一片的，再把鱗皮蓋上，宛然是一條活而整的魚，端到飯桌上來，先讓你們這些外地來的鄉巴佬，瞪大了眼睛，大大地吃上一驚，然後再懷著膽怯、興奮、好奇而又愉快的心情，在主人的『請！請！請！』催促下，一齊伸出了筷子。我瞪著眼，搖著尾巴，擺動雙鰭，以示抗議，可我發不出聲音。難道只有看到我眼瞪、尾搖、嘴巴張，你們咀嚼我的肉才覺得香嗎？這是一種什麼心理呀！你要告訴我！否則，即使你把我的殘骸做成了酸辣湯，我也是不能瞑目的！」

聽著、聽著，我完全嚇呆了，我一句話也說不出來，而別人正吃風甚健，然而這一條魚卻不給我留一點情面，牠窮追不捨，甚至喝道：「你可是說話呀！」、「你可是說話呀！」、「你可是說話呀！」

我渾身觳觫，臉上流汗，雙腿發抖，心裡打鼓，茫然，惘然，不知所措，只有低頭沉思，潛心默禱，又陷入了夢幻中：「魚呀！你今生捨身飼人，廣積陰德。涅槃之後，走入六道輪迴，來生絕不會再托生成魚，而定是轉生成人。『二十年後，又是一條好漢。』等我慶祝百歲誕辰時，一定再來延吉。那時，我請你吃飯，無論如何也不會再把你前生的同類活蹦亂跳地端到飯桌上來了。嗚呼！今生休矣，來生可卜。阿門！拜拜！你安息吧！」

沉思完畢，心情怡悅，一下子走出了夢幻，跟著延吉的主人，走出飯店，匯入花花世界的人間，興致盎然，欣賞我畢生八十一年從未見過的延吉風情。

一九九二年八月六日

觀天池

長白山天池真可謂「大名垂宇宙」矣。我們此次冒酷暑，不遠數千里，飛來延吉，如果說有一個確定不移之目的的話，那就是天池。

我們早晨從延吉出發，長驅二百三十公里，馬不停蹄，下午到了長白山下的天池賓館。下車後，原想先訂好房間，然後上山。但是，賓館的主人卻催我們趕快上山，因為此時天氣頗為理想，稍縱即逝，緩慢不得，房間他會替我們保留下來的。

賓館老闆的話是非常有道理的。長白山主峰海拔兩千六百九十一公尺，較五嶽之尊、雄踞齊魯大地的泰山還高一千多公尺。而天池又正在山巔，氣候變化無常。

延邊大學的校長昨天告訴我，山頂氣候一天二十四變。換句話說，也就是一個小時變一次。而實際情況還要比這個快，往往十幾分鐘就能變一次。原來是麗日懸天，轉眼就會白雲繚繞，陰霾蔽空。此時晶藍浩瀚的天池就會隱入雲霧之中，多麼銳利的眼睛也不會看見了。

據說一個什麼人，不遠萬里，來到天池，適逢雲霧，在山巔等了三個小時，最終也沒能見天池一面，悻悻然而去之，成為終生憾事。

我們聽了賓館主人的話，立即鼓足餘勇，驅車登山。開始時在山下看到的是一大片原始森林。據說清代的康熙皇帝認為長白山是滿洲龍興之地，下詔封山，幾百年沒有開放，因此這一片原始森林得到了最妥善的保護。不但不許砍伐樹木，連樹木自己倒下，爛掉，也不許人動它一動。

到了今天，雖然開放了，樹木仍然長得下踞大地，上撐青天，而且是擁擁擠擠，樹挨著樹，彷彿要長到一起，長成一個樹身，說是連兔子都鑽不進去，絕非誇大之詞。裡面闊葉、針葉樹都有，而以松樹為主，挺拔聳峭，蔥蘢蓊鬱，百里林海，無邊無際，碧綠之色猶如染綠了宇宙。

汽車開足了馬力，沿著新近修成的盤山公路，勇往直上。在江西廬山是「躍上蔥蘢四百旋」，但是廬山比起長白山來竟直如小丘。

在這裡汽車究竟轉了多少彎，至今好像還沒有人統計過，我們當然更沒有閒心再去數多少彎。但見在相當長的行駛時間內是針闊混交的樹林；到了大約一千一百公尺以上，變成了針葉林帶；到了一千八百公尺至二千公尺的地方，屬於針葉的長白松突然消逝，路旁一棵挺起身子的高樹都見不到了。

一片岳樺林躬著腰背，歪曲扭折，彷彿要匍匐在地上，不敢抬頭。尖勁的山風，千萬年來，把它們已經制得服服帖帖，趴在地上，勉強苟延殘喘，口中好像是自稱「奴才」，拜倒在山風腳下連呼「萬歲」了。

此時，我們已經升到海拔二千公尺以上，比泰山的玉皇頂還要高出五、六百公尺。以「爬山虎」著稱的北京吉普車，也已累得喘起了粗氣。再一看路旁，連跪在地上的岳樺林也一律不見了。看到的只有死死抓住石頭的青草，還是一片翠綠。但是它們也沒有一棵敢向高處長的，都是又矮又粗，低頭奮力伏在石頭上。看來長白山狂猛的山風連小草也不放過。小草為了活命，也只有聽從山風的命令了。看樣子，即使小草這樣俯首貼耳，忍辱負重，也還是不行的。

再往上不久，石頭上光禿禿的，連一根小草的影子再也不見。大概山風給小草規定下的生命地界已經到了極限。過此往上，一切青色的東西全皆無蹤影。此處是山風獨霸的天下，在宇宙間只允許自己在這裡狂暴肆虐，耀武揚威了。

既然山上已一無可看，我們就往山下看看吧。近處是壁立萬仞，下臨無地，看了令人不由得目眩股栗，趕快把眼光投向遠方。大概我們賓主五人都積了善有了餘慶，都交了好運，天氣是無比地晴朗。千里松海，盡收眼底，令人逸興遄飛，心曠神怡。回望背後群山，山背陰處，盛夏猶有積雪。長白山真不愧「長白」之名。

可是，真出我們意想之外，汽車出了毛病，引擎忽然停止工作，再也發動不了動。司機連忙下車，搬來大石塊，把車後輪墊牢。否則車一滑坡，必然墜入萬丈深谷，則我們和車豈不就成了齏粉了嗎？我確實有點慌了起來；但司機卻說汽車患了「高山反應症」，神態自若。

我真有點摸不清，他說的究竟是真話，還是笑話？但見他從容不迫，把車上的機器胡鼓搗了一陣，忽然「砰」的一聲，汽車又發動起來了。我的心才又回到腔子裡。汽車盤旋上山，皆大歡喜。

真正到了山頂了，我急不可待，立即開門想下車。別人想攔住我，但沒有攔得住，連忙替我把制服上衣穿上，車門剛開了一個小縫，一股刺骨的寒風立即狂襲過來。

原來山下氣溫是攝氏三十二、三度，而在這裡，由於沒有溫度計，不敢亂說，根據我的感覺，恐怕是在攝氏十度以下。我原以為是個累贅、一點用處也沒有的毛衣，這時卻成了至寶。我忙忙亂亂地把它穿在制服外面，別人又在我身上套了一件風雨衣。這樣一來，上半身勉強能對付，但是我頭頂上真正的紗帽卻不行了。下身的褲子也陡然薄得如紙。現在能有一件皮襖該多好呀！

我渾身哆哆嗦嗦，被三個年輕人架住雙臂，推著背後，踉踉蹌蹌，向前邁步，山風迅猛，刺入骨髓。別提我有多麼狼狽了。有人拍了一張照片，我自己還沒有看到。我想，那將是我一生最為可笑的一張照片了。

但是，我的苦難歷程還沒有完結。我雖然已經站在渴望已久的天池邊上，卻還看不到天池，一座不高不低的沙堆擋住了我們的去路。我此時實在已經是精疲力盡，想躺倒在地，不再動彈。

但是，渴望了幾十年，又冒酷暑不遠數千里而來，難道竟能打退堂鼓功虧一簣嗎？當然不行！我收集了自己的剩勇，在三個年輕人的連推帶拉之下，喘著粗氣，終於爬上了沙丘。此時，天空雖然黑雲未退，藍色的天池卻朗朗然呈現在眼前。

啊，天池！畢生夢寐以求，今天終於見到你了。

天池實際水面高程為兩千一百九十四公尺，最大水深三百七十三公尺，是中國最高最深的淡水湖。有詩寫道：「周回八十里，峭壁立池邊。水滿疑無地，雲低別有天。」池周圍屹立著十六座高峰，峰巔直刺青天，恐怕離天連三尺三都不到。時雖盛夏，險峰積雪仍然倒影池面。白雪碧波，相映成趣。山風獵獵，池面為群山所包圍，水波不興，碧平如鏡。真是千真萬確的大好風光，我真是不虛此行了。

但是，我一下子就想到了盛名播傳四海的天池水怪。在平靜的碧波下面，他們此時在做些什麼呢？是在操持家務呢？還是在開會？是在製造偽劣商品呢？還是在倒買倒賣？是在打高爾夫球呢？還是在收聽奧運會廣播？是在品嘗粵菜的生猛海鮮呢？還是在吃我們昨天在延吉吃的生魚片？……問題一個個像連成串的珍珠，剪不斷，理還亂。

有人拍了一下我的肩膀，我驀然醒了過來，覺得自己真彷彿是走了神，入了魔，想入非非，已經非非到可笑的程度了。我擦了擦昏花的老眼：眼前天池如鏡，群峰似劍。山風更加猛烈，是應該下山的時候了。

我們辭別了天池，上了車，好像駕雲般，沒有多少時間就回到了山下。順路參觀了著名的長白瀑布，品嘗了在溫泉水中煮熟的雞蛋，在暮靄四合中，回到了天池賓館。

吃過晚飯，躺在床上，輾轉反側，無論如何也難以入睡。在朦朦朧朧中，我彷彿走出了賓館。不知道怎麼一來，就到了長白山巔，天池旁邊。此時群山如影，萬籟俱寂。天池水怪紛紛走出了水面，成堆成堆地遊樂嬉戲，或舞蹈，或唱歌，或戲水，或跳躍，一時鬧聲喧騰，意氣飛揚。我聽到他們大聲講話：

「你看這人類多麼可笑！在普天之下，五湖四海，爭名奪利，鉤心鬥角，勝利了或者失敗了，想出來散散心，不遠千里，不遠萬里，冒著生命危險，來到我們這裡，瞪大了貪婪罪惡的眼睛，看著天池，其實是想看一眼被他們稱為『天池怪獸』的我們。我們偏偏不露面，白天伏在深水裡，一動也不動。看到他們那失望的目光，我們真的是開心極了！」

「我們真開心極了！」

「我們真開心極了！」

「萬歲！」

此時鬧聲更喧騰了，氣氛更熱烈了——「還有人居然想給我們拍照哩！」

「聽說已經有人把照片登在報紙上了！」

「這兩天又風風火火地謠傳：一家電視臺懸賞萬金，要拍我們的照片哩！」

「真是活見鬼！」

「真是活見鬼！」

「誰要是讓他拍了照，我們決定開除他的怪籍，誰說情也不行！」

「萬歲！萬歲！」

此時喧聲震天，波濤洶湧。我嚇得渾身發抖，不知所措。趕快撒腿就跑，一下子跑到了賓館的床上。定一定神，才知道自己剛才做了一個夢。

第二天一大早，我們就在晨光熹微中離開了天池賓館。臨行前，我曾同李錚到原始森林的邊緣上去散了散步，稍稍領略了一下原始森林的情趣。抬頭望著長白山頂，我向天池告別。我相信，我還會回來的。

但是，我向天池中的怪獸們宣誓：我絕不會替他們拍照。

一九九二年八月八日寫於北京大學燕園

義工

「義工」這個詞，是我來到臺北後才聽說的，其含義同中國的「志願者」有點近似。說是「近似」，就是說不完全一樣。「義工」的思想基礎是某種深沉執著的信念或者信仰，是宗教，也能是倫理道德的。中國的志願者，當然也有其思想基礎，但是不像臺灣義工那樣深沉，甚至神祕。

我在〈法鼓山〉那一篇隨筆裡提到，我是在法鼓山第一次聽到「義工」這個詞。原來那一天我們在法鼓山逢到的那些年輕女孩子，除了著僧裝的年輕尼姑外，其餘著便裝的都是義工。

她們多數來自名門大家，在家中有成群的保母伺候著，衣來伸手，飯來張口，是地地道道的大小姐，掌上明珠。但是，她們卻為某一種信念所驅使，上了法鼓山，充當義工。為了做好素齋，她們拚命學習。這都是些極為聰明的女孩子，一點就透。因此，她們烹製出來的素齋就不同凡響，與眾不同。

了解到這些情況以後，我的心為之一震。我原來以為這些著裝樸素、態度和藹、輕聲細語、溫文爾雅的女孩子，不外是臨時工、計時工一流的人物，現在才悟到，我是有眼不識泰山。正像俗語所說：「從窗戶眼裡向外看人，把人看扁了。」我的心靈似乎又得到了一次洗滌。

遠在天邊，近在眼前，我哪裡知道，原來天天陪我們的兩位聰明靈秀的女孩子就是義工。一個叫李美寬，一個叫陳修平。她們倆是我們的領隊，天天率領我們準時上車，準時到會場，準時就餐，又準時把我們送回旅館。

坐在汽車上，她們又成了導遊，向我們解釋大馬路上一切值得注意的建築和事情，口齒伶俐得如懸河瀉水，滔滔不絕，絕不會讓我們感到一點疲倦。她們簡直成了我們的影子，只要需要，她們就在我們身邊。她們的熱情和周到感動著我們每一個人。

我原來以為，她們是大會從某一個旅行社請來的臨時工，從大會每天領取報酬，大會一結束，就仍然回到原單位去工作。

只是在幾天之後，我才偶然得知：她們都是義工。她們都有自己的工作崗位，在法鼓大學召開大會期間，前來擔任義工，從凌晨到深夜，馬不停蹄，像走馬燈似的忙得團團轉，本單位所缺的工作時間，將來會在星期日或者假日裡一一補足。她們不從大會拿一分錢。這種無私奉獻的精神不是非常感人嗎？

我沒有機會同她倆細談她們的情況，她們的想法，她們何所為而來，以及她們究竟想得到些什麼。即使有機會，由於我們的年齡相差過大，她們也未必就推心置腹地告訴我。於是，在我眼中，她們就成了一個謎，一個也許我永遠也解不透的謎。

在中國，經濟效益，或者也可以稱之為個人利益，是頗為受到重視的。我絕不相信，在臺灣就不是這樣。但是，表現在這些年輕女義工身上的，卻是不重視個人利益。至少在當義工這一階段上，她們真正是毫不利己、專門利人的。對於這兩句話，我一向抱有保留態度。

我覺得，一個人一生都能夠做到這一地步，是完全不可能的。在某一段時間內，在某一件事情上，暫時做到是可能的。而那些高呼毫不利己、專門利人的人，往往正是毫不利人、專門利己的傢伙。然而，在這些臺北女義工身上，我卻看到了這種境界。

她們有什麼追求呢？她們有什麼嚮往呢？對我來說，她們就成了一個謎，一個也許我永遠也解不透的謎。

這些謎樣的年輕女義工有福了！

一九九九年五月九日

重返哥廷根

我真是萬萬沒有想到，經過了三十五年的漫長歲月，我又回到這個離開祖國幾萬里的小城裡來了。

我坐在從漢堡到哥廷根的火車上，簡直不敢相信這是事實。難道是一個夢嗎？我頻頻問自己。這當然是非常可笑的，這畢竟就是事實。我腦海裡印象歷亂，面影紛呈。過去三十多年來沒有想到的人，想到了；過去三十多年來沒有想到的事，想到了。我那些尊敬的老師，他們的笑容又呈現在我眼前。我那像母親一般的女房東，她慈祥的面容也呈現在我眼前。那個宛宛嬰嬰的女孩子伊爾穆嘉德，也在我眼前活動起來。那窄窄的街道、街道兩旁的鋪子、城東小山的密林、密林深處的小咖啡館、黃葉叢中的小鹿，甚至冬末春初時分從白雪中鑽出來的白色小花雪鐘，還有很多別的東西，都一齊爭先恐後地呈現到我眼前來。

一霎時，影像紛亂，我心裡也像開了鍋似的激烈地動盪起來了。

火車一停，我飛也似地跳了下去，踏上了哥廷根的土地。忽然有一首詩湧現出來：

少小離家老大回，鄉音無改鬢毛衰。

兒童相見不相識，笑問客從何處來。

怎麼會湧現這樣一首詩呢？我一時有點茫然、懵然。但又立刻意識到，這一座只有十來萬人的異域小城，在我的心靈深處，早已成為我的第二故鄉了。我曾在這裡度過整整十年，是風華正茂的十年。

我的足跡印遍了全城的每一寸土地。我曾在這裡快樂過，苦惱過，追求過，幻滅過，動搖過，堅持過。這一座小城實際上決定了我一生要走的道路。這一切都不可避免地要在我的心靈上打上永不磨滅的烙印。我在下意識中把它看作第二故鄉，不是非常自然的嗎？

我今天重返第二故鄉，心裡面思緒萬端，酸甜苦辣，一齊湧上心頭。感情上有一種莫名其妙的重壓，壓得我喘不過氣來，似欣慰，似惆悵，似追悔，似嚮往。小城幾乎沒有變。市政廳前廣場上矗立的知名抱鵝女銅像，同三十五年前一模一樣。一群鴿子仍然像從前一樣在銅像周圍徘徊，悠然自得。說不定什麼時候一聲呼哨，飛上了後面大禮拜堂的尖頂。

我彷彿昨天才離開這裡，今天又回來了。我們走下地下室，到地下餐廳去吃飯。裡面陳設如舊，座位如舊，燈光如舊，氣氛如舊。連那年輕的服務員也似乎是當年的那一位，我像是昨天晚上才在這裡吃過飯。廣場周圍的大小鋪子都沒有變。那幾家著名的餐館，什麼「黑熊」、「少爺餐廳」等等，都還在原地。那兩家書店也都還在原地。總之，我看到的一切都同原來一模一樣，我真的離開這座小城已經三十五年了嗎？

但是，正如古人所說的，江山如舊，人物全非。環境沒有改變，然而人物卻已經大大地改變了。我在火車上回憶到的那一些人，有的如果還活著的話，年齡已經過了一百歲，這些人的生死存亡就用不著去問了。

那些計算起來還沒有這樣老的人，我也不敢貿然去問，怕從被問者的嘴裡聽到我不願意聽到的消息。我只繞著彎子問上那麼一兩句，得到的回答往往不得要領，模糊得很。這不能怪別人，因為我的問題就模糊不清。我現在非常欣賞這種模糊，模糊中包含著希望。可惜就連這種模糊也不能完全遮蓋住事實。結果是：「訪舊半為鬼，驚呼熱中腸」。我只能在內心裡用無聲的聲音來驚呼了。

在驚呼之餘，我仍然堅持懷著沉重的心情去訪舊。首先我要去看一看我住過整整十年的房子。我知道，我那母親般的女房東歐朴爾太太早已離開了人世，但是房子卻還存在。那一條整潔的街道依舊整潔如新。從前我經常看到一些老太太用肥皂來洗刷人行道，現在這人行道仍然像是剛才洗刷過似的，躺下去打一個滾，絕不會沾上一點塵土。大街轉角處那一家食品商店仍然開著，明亮的大玻璃窗子裡陳列著五光十色的食品。主人卻不知道已經換了第幾代了。

我走到先前住過的房子外面，抬頭向上看，看到三樓我那一間房子的窗戶，仍然同以前一樣擺滿了紅紅綠綠的花草，當然不是出自歐朴爾太太之手。我驀地一陣恍惚，彷彿我昨晚才離開，今天又回家來了。我推開大門，大步流星地跑上三樓，卻沒有用鑰匙去開門，因為我意識到，現在裡面住的是另外一家人了。從前這座房子的女主人恐怕早已安息在什麼墓地裡了，墓上大概也栽滿了玫瑰花吧。

我經常夢見這所房子，夢見房子的女主人，如今卻是人去樓空了。我在這裡度過的十年中，有愉快，有痛苦，經歷過轟炸，忍受過飢餓。男房東逝世後，我多次陪著女房東去掃墓。我這個異邦的青年成了她身邊的唯一的親人。無怪我離開時她號啕痛哭。我回國以後，最初若干年，還經常通信。後來時移事變，就斷了聯繫。

我曾癡心妄想，還想再見她一面。而今我確實又來到了哥廷根，然而她卻再也見不到，永遠永遠地見不到了。

我徘徊在當年天天走過的街頭，這裡什麼地方都有過我的足跡。家家門前的小草坪上依然綠草如茵。今年冬雪來得早了一點，十月中，就下了一場雪。白雪、碧草、紅花，相映成趣。鮮豔的花朵赫然傲雪怒放，比春天和夏天似乎還要鮮豔。我在一篇短文

〈海棠花〉裡描繪的那海棠花，依然威嚴地站在那裡。

我忽然回憶起當年的冬天，日暮天陰，雪光照眼，我扶著我的吐火羅文和吠陀語老師西克教授，慢慢地走過十里長街。心裡面感到淒清，但又感到溫暖。回到祖國以後，每當下雪的時候，我便想到這一位像祖父一般的老人。回首前塵，已經有四十多年了。

我也沒有忘記當年幾乎每一個禮拜天都到的席勒草坪。它就在小山下方，是進山必由之路。當年我常同中國學生或德國學生，在席勒草坪散步之後，就沿著彎曲的山徑走上山去。曾在俾斯麥塔，俯瞰哥廷根全城；曾在小咖啡館裡流連忘返；曾在大森林中茅亭下躲避暴雨；曾在深秋時分驚走覓食的小鹿，聽牠們腳踏落葉一路窸窸窣窣地逃走。甜蜜的回憶是寫也寫不完的。今天我又來到這裡，碧草如舊，亭榭猶新。但是當年年輕的我已頹然一翁，而舊日遊侶早已蕩若雲煙，有的離開了這個世界，有的遠走高飛，到地球的另一半去了。此情此景，人非木石，能不感慨萬端嗎？

我在上面講到江山如舊，人物全非。幸而還沒有真正地全非。幾十年來我晝思夜想最希望還能見到的人，最希望他們還能活著的人，我的「博士父親」，瓦爾德施米特教授和夫人居然還都健在。教授已經是八十三歲高齡，夫人比他壽更高，是八十六歲。一別三十五年，今天重又會面，真有相見翻疑夢之感。老教授夫婦顯然非常激動，我心裡也如波濤翻滾，一時說不出話來。我們圍坐在不太亮的電燈光下，杜甫的名句一下子湧上我的心頭：

人生不相見，動如參與商。
今夕復何夕？共此燈燭光。

四十五年前我初到哥廷根我們初次見面，以及以後長達十年相處的情景，歷歷展現在眼前。那十年是劇烈動盪的十年，中間插上了一個第二次世界大戰，我們沒有能過上幾天好日子。

最初幾年，我每次到他們家去吃晚飯時，他那個十幾歲的獨生兒子都在座。有一次教授同兒子開玩笑：「家裡有一個中國客人，你明天到學校去又可以張揚吹噓一番了。」哪裡知道，大戰一爆發，教授的兒子就被徵召，一年冬天，戰死在北歐戰場上。這對他們夫婦倆的打擊，是無法形容的。

不久，教授也同樣被徵召。他心裡怎樣想，我不好問，他也不好說。看來是默默地忍受痛苦。他預訂了劇院的票，到了冬天，劇院開演，他不在家，每週一次陪他夫人看戲的任務，就落到我肩上。深夜，演出結束後，我要走很長的道路，把師母送到他們山下林邊的家中，然後再摸黑走回自己的住處。在很長的時間內，他們那一座漂亮的三層樓房裡，只住著師母一個人。

他們的處境如此，我的處境更要糟糕。烽火連年，家書億金。我的祖國在受難，我的全家老老小小在受難，我自己也在受難。中夜枕上，思緒翻騰，往往徹夜不眠。而且頭上有飛機轟炸，肚子裡沒有食品充飢，做夢就夢到祖國的花生米。有一次我下鄉去幫助農民摘蘋果，報酬是幾個蘋果和五斤馬鈴薯。回家後一頓就把五斤馬鈴薯吃了個精光，還並無飽意。

有六、七年的時間，情況就是這個樣子。我的學習、寫論文、參加口試、獲得學位，就是在這種情況下進行的。教授每次回家度假，都聽我的彙報，看我的論文，提出他的意見。今天我會的這一點點東西，哪一點不飽含著教授的心血呢？不管我今天的成就還是多麼微小，如果不是他懷著毫不利己的心情，對我這一個素昧平生的異邦青年加以誘掖教導的話，我能夠有什麼成就呢？所有這一切我能夠忘記得了嗎？

現在我們又會面了。會面的地方不是在我所熟悉的那一所房子裡，而是在一所豪華的養老院裡。別人告訴我，他已經把房子贈給哥廷根大學印度學和佛教研究所，把汽車賣掉，搬到一所養老院裡了。院裡富麗堂皇，應有盡有，健身房、游泳池，無不齊備。據說，飯食也很好。

但是，說句不好聽的話，到這裡來的人都是七老八十的人，多半行動不便。對他們來說，健身房和游泳池實際上等於聾人的耳朵。他們不是來健身的，而是來等死的。頭一天晚上還在一起吃飯、聊天，第二天早晨說不定就有人見了上帝。一個人生活在這樣的環境中，心情如何，概可想見。話又說了回來，教授夫婦孤苦伶仃，不到這裡來，又到哪裡去呢？

就是在這樣一個地方，教授又見到了自己幾十年沒有見面的弟子。他的心情是多麼激動，又是多麼高興，我無法加以描繪。我一下汽車就看到在高大明亮的玻璃門裡面，教授端端正正地坐在圈椅上。他可能已經等了很久，正望眼欲穿哩。

他瞪著慈祥昏花的雙目瞧著我，彷佛想用目光把我吞了下去。握手時，他的手有點顫抖。他的夫人更是老態龍鍾，耳朵聾，頭搖擺不停，同三十多年前完全判若兩人了。師母還專為我烹製了當年我在她家常吃的食品。兩位老人齊聲說：「讓我們好好地聊一聊老哥廷根的老生活吧！」他們現在大概只能用回憶來填充日常生活了。

我問老教授還要不要中國關於佛教的書，他反問我：「那些東西對我還有什麼用呢？」我又問他正在寫什麼東西。他說：「我想整理一下以前的舊稿；我想，不久就要打住了！」從一些細小的事情上來看，老兩口的意見還是有一些矛盾的。看來這相依為命的一雙老人的生活是陰沉的、鬱悶的。在他們前面，正如魯迅在《過客》中所寫的那樣：「前面？前面，是墳。」

我心裡陡然淒涼起來。老教授畢生勤奮，著作等身，名揚四海，受人尊敬，老年就這樣度過嗎？我今天來到這裡，顯然為他們帶來了極大的快樂。一旦我離開這裡，他們又將怎樣呢？可是，我能永遠在這裡待下去嗎？我真有點依依難捨，盡量想多待些時候。但是，千里搭涼棚，沒有不散的筵席。我站起來，想告辭離開。老教授帶著乞求的目光說：「才十點多鐘，時間還早嘛！」我只好又坐下。

最後到了深夜，我狠了狠心，向他們說了聲：「夜安！」站起來，告辭出門。老教授一直把我送下樓，送到汽車旁邊，樣子是難捨難分。此時我的心潮翻滾，我明確地意識到，這是我們最後一面了。

但是，為了安慰他，或者欺騙他，也為了安慰我自己，或者欺騙我自己，我脫口說了一句話：「過一、兩年，我再回來看你！」聲音從自己嘴裡傳到自己耳朵，顯得空蕩、虛偽，然而卻又真誠。這真誠感動了老教授，他臉上現出了笑容：「你可是答應了我了，過一、兩年再回來！」

我還有什麼話好說呢？我噙著眼淚，鑽進了汽車。汽車開走時，回頭看到老教授還站在那裡，一動也不動，活像是一座雕像。

過了兩天，我就離開了哥廷根。我乘上了一列開到另一個城市去的火車。坐在車上，同來時一樣，我眼前又是面影迷離，錯綜紛雜。我這兩天見到的一切人和物，一一奔湊到我的眼前來；只是比來時在火車上看到的影子清晰多了，具體多了。

在這些迷離錯亂的面影中，有一個特別清晰、特別具體、特別突出，它就是我在前天夜裡看到的那一座雕像。願這一座雕像永遠停留在我的眼前，永遠停留在我的心中。

一九八〇年十一月在西德開始

一九八七年十月在北京寫完

滿洲車上

當年想從中國到歐洲去，飛機沒有，海路太遙遠又麻煩，最簡便的路程就是蘇聯西伯利亞大鐵路。其中一段通過中國東三省。這幾乎是唯一的可行之路；但是有麻煩，有困難，有疑問，有危險。

日本軍國主義分子在東三省建立了所謂「滿洲國」，這裡有危險。過了「滿洲國」，就是蘇聯，這裡有疑問。我們一心想出國，必須面對這些危險和疑問，義無反顧。明知山有虎，偏向虎山行，我們彷彿成了那樣的英雄了。

車到了山海關，要進入「滿洲國」了。

車停了下來，我們都下車辦理入「國」手續。無非是填幾張表格，這對我們並無困難。但是每人必須交手續費三塊大洋。這三塊大洋是一個人半月的飯費，我們真有點捨不得。但既要入境，就必須繳納，這個「買路錢」是省不得的。

我們萬般無奈，掏出三塊大洋，遞了上去，臉上盡量不流露出任何不滿的表情，說話更是特別小心謹慎，前去是一個布滿了荊棘的火坑，這一點我們比誰都清楚。

幸而沒有出麻煩，順利過了「關」後，又登上車。我們意識到自己所在的是一個什麼地方，各個謹慎小心，說話細聲細氣。到了夜裡，沒有注意到是何時，有一個年輕人進入我們所身處每四個人一間的車廂，穿著長筒馬靴，英俊精神，給人一個頗為善良的印象，年紀約莫二十五、六歲，比我們略大一點。他向我們點頭微笑，我們也報以微笑，以示友好。逢巧他就睡在我的上鋪。當下並沒有對他有特別的警惕，覺得他不過是一個平平常常的旅客而已。

我們睡下以後，車廂裡寂靜下來，只聽到火車奔馳的聲音。車外是大平原，我們什麼也看不到，什麼也不想去看，一任「**火車擒住軌，在黑夜裡直奔，過山，過水，過陳死人的墳**」。我正朦朧欲睡，忽然上鋪發出了聲音：

「你是幹什麼的？」

「學生。」

「你從什麼地方來的？」

「北京。」

「現在到哪裡去？」

「德國。」

「去幹嘛？」

「留學。」

一陣沉默，我以為天下大定了。頭頂上忽然又響起了聲音，而且一個滿頭黑髮的年輕腦袋從上鋪垂了下來。

「你覺得『滿洲國』怎麼樣？」

「我初來乍到，說不出什麼意見。」

又一陣沉默。

「你看我是哪一國人？」

「看不出來。」

「你聽我說話像哪一國人？」

「你中國話說得蠻好，只能是中國人。」

「你沒聽出我說話中有什麼口音嗎？」

「聽不出來。」

「是否有點朝鮮味？」

「不知道。」

「我的國籍在今天這個地方無法公開。」

「那沒有關係。」

「你應已經知道我的國籍，同時也就知道我同日本人和『滿洲國』的關係了。」

我立刻警惕起來：「我不知道。」

「請你談談對『滿洲國』的印象，好嗎？」

「我初來乍到，實在說不出來。」

又是一陣沉默。只聽到車下輪聲震耳。我聽到頭頂上一陣窸窣聲，年輕的頭縮回去了，微微地嘆息了一聲，然後真正天下太平，我也真正進入了睡鄉。

第二天（九月二日）早晨到了哈爾濱，我們都下了車。那個年輕人也下了車，臨行時還對我點頭微笑。

但是，等我們辦完了手續，要離開車站時，我抬頭瞥見他穿著筆挺的警服，從警察局裡走了出來，仍然是那一雙長筒馬靴。

我不由得一下出了一身冷汗。回憶夜裡車廂裡的那一幕，真不寒而栗，心頭充滿後怕。如果當時不夠警惕順嘴發表了什麼意見，其結果將會是怎樣？我不敢想下去了。

啊，「滿洲國」！這就是「滿洲國」！

遊獸主（Paśupati）大廟

我們從尼泊爾皇家植物園返回加德滿都城，路上繞道去看聞名南亞次大陸的印度教聖地——獸主大廟。

大廟所處的地方並不衝要，要走過幾條狹窄又不十分乾淨的小巷子才能到。尼泊爾的聖河，同印度聖河恆河並稱的巴格馬蒂河，流過大廟前面。在這一條聖河的岸旁搭建了幾座檯子，據說是焚燒死人屍體的地方，焚燒剩下的灰就近傾入河中。這一條河同印度恆河一樣，據說是通向天堂的。骨灰傾入河中，人就上升天堂了。

獸主是印度教三大主神之一，平常被稱作濕婆（Śiva）。濕婆的象徵林伽（linga），是一個大石柱。這裡既然是濕婆的廟，所以林伽也被供在這裡，就在廟門外河對岸的一座石頭屋子裡。

據說，這裡的婦女如果不能生孩子，來到林伽前面，燒香磕頭，然後用手撫摩林伽，回去就能懷孕生子。是不是真這樣靈驗呢？就只有天知道或者濕婆大神知道了。

廟門口皇皇然立著一個大木牌，上面寫著：「非印度教徒嚴禁入內」。我們不是印度教徒，當然只能從外面向門內張望一番，然後望望然去之。廟內並不怎樣乾淨，同小說中描繪的洞天福地迴乎不同，看上去好像也並沒有什麼神聖或神祕的地方。古人詩說：「凡所難求皆絕好。」既然無論如何也進不去，只好覺得廟內一切「皆絕好」了。

人們告訴我們，這座大廟在印度也廣有名氣。每年到了什麼節日，信印度教的印度人不遠千里，跋山涉水，到這裡來朝拜大神。我們確實看到了幾個苦行僧打扮的人，但不知是否就是從印度來的。不管怎樣，此處是聖地無疑，否則拄竹杖梳辮子的聖人苦行者，也不會到這裡來流連盤桓了。

說老實話，我從來也沒有信過任何神靈。我對什麼神廟，什麼善主，什麼林伽，並不怎麼感興趣。引起我興趣的是另外一些東西，廟中高閣的頂上落滿了鴿子。

雖然已近黃昏，暮色從遠處的雪山頂端慢慢下降，夕陽殘照古廟頹垣，樹梢上都抹上了一點金黃。是鴿子休息的時候了。但是牠們好像還沒有完全休息，從鴿群中不時發出了咕咕的叫聲。

比鴿子還更引起我的興趣的是猴子。房頂上，院牆上，附近居民的屋子上，聖河小橋的欄杆上，到處都是猴，又跳又躍，又喊又叫。有的老猴子背上背著小猴子，或者懷裡抱著小猴子，在屋頂與屋頂之間，來來往往，片刻不停。有的背上馱著一片夕陽，閃出耀眼的金光。

當牠們走上橋頭的時候，我也正走到那裡。我忽然心血來潮，伸手想摸一下一個小猴。沒想到老猴子絕不退避，而是齜牙咧嘴，抬起爪子，準備向我進攻。這種突然襲擊，真正震懾住了我，我連忙退避三舍，躲到一旁去了。

我忽然靈機一動，想入非非。我上面已經說到，印度教的廟非印度教徒是嚴禁入內的。如果硬往裡闖，其後果往往非常嚴重，但這只是對人而言，對猴子則另當別論。人不能進，但是猴子能進。猴子們大概根本不關心人間的教派、人間的種姓、人間的階級、人間的官吏，什麼法律規章，什麼達官顯宦，牠們統統不放在眼中，而且加以蔑視。從來也沒有什麼人把猴子同宗教信仰聯繫起來。

猴子是這樣，鴿子也是這樣，在所有的國家統統是這樣。猴子們和鴿子們大概認為，人間的這些花樣都是毫無意義的。牠們獨行獨來，天馬行空，海闊縱魚躍，天高任鳥飛，牠們比人類要自由得多。按照一些國家輪迴轉生的學說，猴子們和鴿子們大概未必真想轉生為人吧！

我的幻想實在有點過了頭，還是趕快收回來吧。在人間，在我眼前的獸主大廟門前，人們熙攘往來。有的衣著講究，有的渾身襤褸。

苦行者昂首闊步，滿面聖氣，手拄竹杖，頭梳長髮，走在人群之中，宛如雞群之鶴。賣鮮花的小販，安然盤腿坐在小鋪子裡，恭候主顧大駕光臨。高鼻子藍眼睛滿頭黃髮的外國青年男女，背著書包，站在那裡商量著什麼。神牛們也夾在中間，慢慢前進。討飯的盲人和小孩子伸手向人要錢。小鋪子裡擺出的新鮮白蘿蔔等菜蔬閃出了白色的光芒。在這些擁擠骯髒的小巷子裡，散發出了一種不太讓人愉快的氣味，一團人間繁忙的氣象。

我們也是凡夫俗子，從來沒有想超凡入聖，或者轉生成什麼貴人，什麼天神，什麼菩薩，等等。對神廟也並不那麼虔敬。可是尼泊爾人對我們這些「洋鬼子」還是非常友好，他們一不圍觀，二不嘲弄。小孩子見了我們，也都和藹地一笑，然後靦靦腆腆地躲在母親身後，露出兩隻大眼睛瞅著我們。我們覺得十分可愛，十分好玩。

我們知道，我們是處在朋友們中間。獸主大廟的門沒有為我們敞開，這是千百年來的流風遺俗，我們絲毫也不介意。我們心情怡悅。

離開大廟時，當聽到聖河裡潺潺的流水聲，我們祝願，尼泊爾朋友在活著時就能透過這條聖河，走向人間天堂。我們也祝願，獸主大廟千奇百怪的神靈會加福給他們！

一九八六年十一月三十日離別尼泊爾前，於蘇爾提賓館

訪紹興魯迅故居

一轉入那條地上鋪著石板的小胡同，我立刻就認出了那一處從一幅木刻上久已熟悉了的門口。當年魯迅的母親就是在這裡送她兒子到南京去求學的。

我懷著虔敬心情走進了這一扇簡陋的大門。我隨時提醒自己：我現在踏上的不是一個平常的地方。一個偉大人物、一個文化戰線上的堅強戰士就誕生在這裡，而且在這裡度過了他的童年。

對於這樣一個人物，我從中學時代起就懷著無限的愛戴與嚮往。我讀了他所有作品，有的還不只一遍。有一些篇章我甚至能夠背誦得出。因此，對於他這個故居我是十分熟悉的。今天雖然是第一次來到這裡，卻感到自己是來到一個舊遊之地了。房子已經十分古老，而且結構也十分複雜，不像北京的四合院那樣，讓人一目了然。但是我仍覺得這房子是十分可愛的。

我們穿過陰暗的走廊，走過一間間的屋子。我們看到了魯迅祖母為他講故事的地方，看到長媽媽在上面睡成一個「大」字的大床，看到魯迅抄寫《南方草木狀》用的桌子，也看到魯迅小時候的天堂——百草園。

這都是一些普普通通的東西和地方，一點也看不出有什麼神奇之處。但是，我卻覺得這都是極其不平常的東西和地方。這裡的每一塊磚、每一寸土、桌子的每一個角、椅子的每一條腿，魯迅都踏過、摸過、碰過。我總想多看這些東西一眼，在這些地方多流連一會兒。

魯迅早已離開這個世界了。在他生前，恐怕也很久沒有到這一所房子裡來過了。但是，我總覺得，他的身影就在我們身旁。我彷彿看到他在百草園裡拔草捉蟲，看到他同他的小玩伴閏土在那裡談話遊戲，看到他在父親嚴厲監督之下念書寫字，看到他做這做那的。

這個身影當然是一個小孩子的身影。但是，就是當魯迅還是一個小孩子的時候，他那堅毅剛強的性格已經有所表露。在他幼年讀書的地方三味書屋裡，我們看到了他用小刀刻在桌子上的那一個「早」字。故事是大家都熟悉的。有一天，他不知道是由於什麼原因，上學遲到了，受到了老師的責問。他於是就刻了這一個字，表示以後一定要來早。以後他就果然再沒有遲到過。

這是一件小事。然而，由小見大，它不是很值得我們深思自省嗎？

這堅毅剛強的性格伴隨了魯迅一生。「他沒有絲毫的奴顏和媚骨」，他一生頑強戰鬥，追求真理。「橫眉冷對千夫指，俯首甘為孺子牛」，他對人民是一個態度，對敵人是完全不同的另一個態度。誰讀了這樣兩句詩，不深深地受到感動呢？

現在我在這一間陰暗書房裡看到這一個小小的「早」字，我立刻想到他那戰鬥的一生。在我心目中，他彷彿成了一塊鐵，一塊鋼，一塊金剛石。刀砍不斷，石砸不破，火燒不熔，水浸不透。他的身影突然大了起來，凜然立於宇宙之間，為人帶來無限的鼓舞與力量。

同刻著「早」字的那一張書桌僅有一壁之隔，就是魯迅文章裡提到的那一個小院子。他在這裡讀書的時候，常常偷跑到這裡來尋蟬蛻、捉蒼蠅。院子確實不大，大概只有兩丈多長、一丈多寬。

牆角上長著一株臘梅，據說還是當年魯迅在這裡讀書時的那一棵。按年歲計算起來，它的年齡應該有一百八十歲了。可是樣子卻還是年輕得很。梗幹茁壯堅挺，葉子是碧綠碧綠的。渾身上下，無限生機；看樣子，它還要在這裡站上一千年。

在我眼中，這一株臘梅也彷彿成了魯迅那堅毅剛強的、威武不能屈、富貴不能淫的性格的象徵。我從地上拾起了一片葉子，小心地夾在我的筆記本裡。

把樹葉夾在筆記本裡，回頭看到一直陪我們參觀的閏土他孫子在對著我笑。我不了解他這笑是什麼意思。也許是笑我那樣看重那一片小小的葉子，也許是笑我熱得滿臉出汗。不管怎樣，我也對他笑了一笑。

我看他那壯健的體格，看他那渾身的力量，不由得心裡就愉快起來，想同他談一談。我問他的生活情況和工作情況，他說都很好，都很滿意。我這些問題其實都是多餘的。從他那滿臉的笑容、全身的氣度來看，他生活得十分滿意，工作得十分稱心，不是很清清楚楚的嗎？

我因此又想到他的祖父閏土。當他隔了許多年又同魯迅見面的時候，他不敢再承認小時候的友誼，對著魯迅喊了一聲「老爺」。這使魯迅打了一個寒噤。他被生活的擔子壓得十分痛苦，但卻又說不出。這又使魯迅吃了一驚。可是他的兒子水生和魯迅的侄兒宏兒卻非常要好。魯迅於是大為感慨：他不願意孩子們再像他那樣辛苦輾轉而生活，也不願意他們像閏土那樣辛苦麻木而生活，也不願意他們像別人那樣辛苦恣睢而生活。他們應該有新的生活。

這樣的生活魯迅沒有能夠親眼看到。但是，今天這新的生活卻確確實實地成為現實了。他那老朋友閏土的孫子過的就是這樣的新生活，是他們所未經生活過的。按年齡計算起來，魯迅大概沒有見到過閏土的這個孫子。但這是不重要的。

重要的是，魯迅一生為天下的「孺子」而奮鬥，今天他的願望實現了。這真是天地間一大快事。如果魯迅能夠親眼看到的話，他會多麼感到欣慰啊！

我從閏土的孫子想到閏土，從現在想到過去。今昔一比，恍若隔世。我眼前看到的雖然只是閏土孫子的笑容；但是，在我的心裡，卻彷彿看到了普天下千千萬萬孩子們的笑容，看到了全國人民的笑容。幸福的感覺油然流遍了我的全身。

我就帶著這樣的感覺離開了那一個我以前已經熟悉、今天又親眼看到的門口。

一九六三年十一月二十三日寫畢

奇石館

石頭有什麼奇怪的呢？只要是山區，遍地是石頭，磕磕絆絆，走路很不方便，讓人厭惡之不及，哪裡還有什麼美感呢？

但是，欣賞奇石，好像是中國特有的、傳統的審美情趣。南南北北，且不說那些名園，即使是在最普通的花園中，都能夠找到幾塊大小不等的太湖石，甚至假山。這些石頭都能為花園增添情趣和美感，再襯托上古木、修竹、花欄、草坪、曲水、清池、臺榭、畫廊等，使整個花園成為一個審美的整體，錯綜與和諧統一，幽深與明朗並存，充分發揮出東方花園的魅力。

我現在所住的燕園，原是明清名園，多處有怪石古石。據說都是明末米萬鍾花費了驚人的鉅資，從南方運來的。連頤和園中樂壽堂前的那一塊巨大石頭，也是米萬鍾運來的，因為花費太大，他這個富翁因此而破了產。

這些石頭之所以受人青睞，並不是因為它大，而是因為它奇，它美。美在何處呢？據行家說，太湖石必須具備四個條件，才能算是美而奇：透、漏、秀、皺。

用不著一個字一個字地來分析解釋。歸納起來，可以這樣理解：太湖石最忌平板。如果不忌的話，則從山上削下任何一塊石頭來，都可以充數。那還有什麼奇特，有什麼詭異呢？它必須是玲瓏剔透，才能顯現其美，而能達到這個標準，必須是在水中已經被波浪沖刷了億萬年。夫美豈易言哉！豈易言哉！

以上說的是大石頭。小石頭也有同樣的情況。

中國人愛小石頭的激情，絕不亞於大石頭。最著名的例子就是南京的雨花石。雨花大名垂宇宙，由來久矣。其主要特異之處在於小石頭中能夠辨認出來的形象。我曾在某一個報上讀到一則關於雨花石的報導，說某一塊石頭中有一幅觀音菩薩的像，宛然如書上畫的或廟中塑的，形態畢具，絲毫不爽。又有一塊石頭，花紋是齊天大聖孫悟空，也是形象生動，不容同任何人、神、鬼、怪混淆。這些都是鬼斧神工，本色天成，人力在這裡實在無能為力。

另外一種小石頭就是有小山小石的盆景。一座只有幾寸至多一尺來高的石頭山，再陪襯上幾棵極為矮小卻具有參天之勢的樹，望之有如泰嶽，巍峨崇峻，咫尺千里，真的是「一覽眾山小」了。

總之，中國人對奇特的石頭，不管大塊與小塊，都情有獨鍾，形成了中國特有的審美情趣，為其他國家所無。美籍華人建築大師貝聿銘先生設計香山飯店時，利用幾面大玻璃窗當作前景，窗外小院中聳立著一塊太湖石，窗子就成了畫面。這種設計思想，極為中國審美學家所稱讚。雖然貝聿銘這個設計獲得了西方的國際大獎，我看這也是為了適應中式審美情趣，碧眼黃髮的西方人未必理解與欣賞。

現在文化一詞極為流行，什麼東西都是文化，什麼茶文化、酒文化，甚至連鹽和煤都成了文化。我們現在來一個石文化，恐怕也無可厚非吧。

我可是萬萬沒有想到，竟在離開北京數千里的曼谷（在舊時代應該說是萬里吧）找到了千真萬確的地地道道石文化，我在這裡參觀了周鎮榮先生創建的奇石館。周先生在新中國成立前，曾在國立東方語專念過書，也可以算是北大的校友吧[7]。

去年十月，我到昆明去參加紀念鄭和的大會，在那裡見到了周先生。蒙他贈送奇石一塊，讓我分享了奇石之美。他定居泰國，家在曼谷。這次相遇，頗有一點舊雨重逢之感。他的奇石館可真讓我大吃一驚，大開眼界。什麼叫奇石館呢？因為我從來沒有見過這樣的場館，難免有一些想像。現在一見到真館，我的想像被砸得粉碎。

五光十色，五顏六色，五彩繽紛，五花八門，大大小小，方方圓圓，長長短短，粗粗細細，我搜索枯腸，把我所知道的一切帶數目字的俗語都蒐集到一起；又到我能記憶的舊詩詞中去搜尋描寫石頭花紋的清詞麗句。把這一切都堆集在一起，也無法描繪我的印象於萬一。

在這裡，語言文字都沒用了，剩下的只有心靈和眼睛。我只好學一學古代的禪師，不立文字，明心見性。想立也立不起來了。到了主人讓我寫字留念的時候，我提筆寫了

7 國立東方語文專科學校於一九四二年在呈貢縣斗南村設立，後併入北京大學，成立北京大學外國語學院。

「琳琅滿目，巧奪天工」，是用極其拙劣的書法，寫出了極其拙劣的思想。晉人比我聰明，到了此時，他們只連聲高呼：「奈何！奈何！」我卻無法學習，我要是這樣高呼，大家一定會認為我神經出了毛病。

聽周先生自己講搜尋石頭的故事，也是非常有趣的。他不論走到什麼地方，一聽到有奇石，便把一切都放下，不吃，不喝，不停，不睡，不管黑天白日，不管颳風下雨，不避危險，不顧困難，非把石頭弄到手不行。館內的藏石，有很多塊都隱含著一個動人的故事。

古書上說：「精誠所至，金石為開。」這話在周鎮榮先生身上得到了證明。宋代大書法家米芾酷愛石頭，有「米顛拜石」的傳說。我看，周先生之癲絕不在米芾之下。這也算是石壇佳話吧。

無獨有偶，回到北京以後，到了四月二十六日，我在《中國醫藥報》上讀到了一篇文章〈石頭情結〉，講的是著名美學家王朝聞先生酷愛石頭的故事。王先生我是認識的，好多年以前我們曾同在桂林開過會。灕江泛舟，同乘一船。在山清水秀彌漫乾坤的綠色中，我們曾談過許多事情，對其為人和為學，我是衷心敬佩的。當時他大概對石頭還沒有產生興趣，所以沒有談到石頭。

文章說：「十多年前在朝聞老家裡幾乎見不到幾塊石頭，近幾年他家似乎成了石頭的世界。」我立即就想到：「這不是另外一個奇石館嗎？」朝聞老大器晚成，直到快到耄耋之年，才形成了石頭情結。一旦形成，遂一發而不能遏制。

他愛石頭也到了「癲」的程度，他是以一個雕塑家和美學家的眼光與感情來欣賞石頭的，凡人們在石頭上看不到的美，他能看到。他驚呼：「大自然太神奇了。」這比我在上面講到的晉人高呼「奈何！奈何！」的情景，進了一大步。

石頭到處都有，但不是人人都愛。這裡面有點天分，有點緣分。這兩件東西並不是人人都能有的。認識這樣的人，是不是也要有點緣分呢？我相信，我是有這個緣分的。在不到兩個月的短短時間內，我竟能在極南極南的曼谷認識了有石頭情結的周鎮榮先生，又在極北極北的北京知道了老友朝聞老也有石頭情結。沒有緣分，能夠做得到嗎？

請原諒我用當下流行的詞彙稱朝聞老為北癲，稱鎮榮先生為南癲。南北二癲，頑石之友。在茫茫人海芸芸眾生中，這樣的癲是極為難見的。知道和了解南北二癲的人，到目前為止，恐怕也只尚有我一個人。

我相信，透過我的這一篇短文，透過我的緣分，南北二癲會互相知名的，他們之間的緣分也會啟發出來的。有朝一日，南周北王會各捧奇石相會於北京或曼谷，他們會掀髯（可惜二人都沒有髯，行文至此，不得不爾）一笑的，他們都會感激我的。這樣一來，豈不猗歟盛哉！我馨香禱祝之矣。

一九九四年五月二十四日凌晨，

細雨聲中寫完，心曠神怡

伍／當下即是生活

王籍詩曰「鳥鳴山更幽」，

有人以為奇怪：鳥不鳴不是比鳴更為幽靜嗎？

山中這樣的經驗我沒有，雨中這樣的經驗我卻是有的。

我覺得「雨響室更幽」，眼前就是這樣。

從南極帶來的植物

小友兼老友唐老鴨（師曾）自南極歸來。在北大為我舉行九十歲華誕慶祝會的那一天，他來到了北大，身分是記者。全身披掛，什麼照相機，錄影機，這機，那機，我叫不出名堂來的一些機，看上去至少有幾十斤重，活靈活現地重現海灣戰爭孤身採訪時的雄風。一見了我，他在忙著拍攝之餘，從褲兜裡掏出來一個信封，裡面裝著什麼東西，鄭重地遞了給我。

信封上寫著幾行字：

祝季老壽比南山

南極長城站的植物，

每一千年長一毫米，

此植物已有六千歲。

唐老鴨敬上

這幾行字真讓我大吃一驚，手裡的分量立刻重了起來。打開信封，裡面裝著一株長在彷彿是一塊鐵上面的「小草」。當時祝壽會正要開始，大廳裡擠滿了幾百人，熙來攘往，擁擁擠擠，我沒有時間和心情去仔細觀察這一株小草。

夜裡回到家裡，時間已晚，沒有時間和精力把這一株「仙草」拿出來仔細玩賞。第二天早晨才拿了出來。初看之下，覺得沒有什麼稀奇之處，這不就是一棵平常的「草」嘛，同我們這裡遍地長滿了的野草，從外表上來看差別並不大。

但是，當我擦了擦昏花的老眼再仔細看時，它卻不像是一株野草，而像是一棵樹，具體而微的樹，有幹有枝。枝子上長著一些黑色的圓果。我眼睛一花，原來以為是小草的東西，驀地變成了參天大樹，樹上搭滿鳥巢。樹扎根的石塊或鐵塊一下子變成了一座大山，巍峨雄奇。但是，當我用手一摸時，植物似乎又變成了礦物，是柔軟的能屈能折的礦物。

試想這一棵什麼物從南極到中國，飛越千山萬水，而一枝葉條也沒有斷，至今在我的手中也是一絲不斷，這不是礦物又是什麼呢？

我面對這一棵什麼物，腦海裡疑團叢生。是草嗎？不是。是樹嗎？也不是。是植物嗎？不像。是礦物嗎？也不像。

它究竟是什麼東西呢？我說不清楚。我只能認為它是從南極萬古冰原中帶來的一個奇蹟。既然唐老鴨稱之為植物，我們就算它是植物吧。我也想創造兩個新名詞：像植物一般的礦物，或者像礦物一般的植物。英國人有一個常用的短語：「at one's wits' end」，也就是「到了一個人智慧的盡頭」，我現在真走到了我的智慧盡頭了。

在這樣智窮力盡的情況下，我面對這一個從南極來的奇蹟，不禁浮想聯翩。首先是它那六千年的壽命。在天文學上，在考古學上，在人類生活中，六千是一個很小的數目，沒有什麼值得大驚小怪的地方。但是，在人類有了文化以後的歷史上，在國家出現的歷史上，它卻是一個很大的數目。

譬如說，中國滿打滿算也不過說有五千年的歷史。連那一位玄之又玄的老祖宗黃帝，據一般詞典記載，也不過說他約生在西元前二十六世紀，距今還不滿五千年。連世界上國家產生比較早的國家，比如埃及和印度，除了神話傳說以外，也達不到六千年。我想，我們可以說，在這一株「植物」開始長的時候，人類還沒有國家。說是「宇宙洪荒」，也許是太過了一點兒。但是，人類的國家，同它比較起來，說是瞠乎後矣，大概是可以的。

想到這一切，我面對這一株不起眼兒的「植物」，難道還能不驚詫得瞠目結舌嗎？

再想到人類的壽齡和中國朝代的長短，更使我的心進一步地震動不已。古人詩說：「人生不滿百，常懷千歲憂。」在過去，人們總是互相祝願「長命百歲」。對人生來說，百歲是長極長極了的。

然而，南極這一株「植物」在一百年內只長一毫米。中國歷史上最長的朝代是周代，約有八百年之久。在這八百年中，人間發生了多麼大的變動呀。春秋和戰國都包括在這個期間。百家爭鳴，何等熱鬧。雲譎波詭，何等奇妙。

然而，南極這一株「植物」卻在萬古冰原中，沉默著，忍耐著，只長了約八毫米。周代以後，秦始皇登場，修築了令全世界驚奇的長城。接著登場的是赫赫有氣的漢祖、唐宗等等一批人物，半生征戰，鐵馬金戈，殺人盈野，血流成河。一直到了清代末葉，帝制取消，軍閥混戰，最終是建成了中華人民共和國。

兩千多年的歷史，千頭萬緒的史實，五彩繽紛，錯綜複雜，頭緒無數，氣象萬千，現在大學裡講起中國通史，至少要講上一學年，還只能講一個輪廓。倘若細講起來，還需要斷代史，以及文學、哲學、經濟、藝術、宗教、民族等等的歷史。

至於歷史人物，則有的成龍，有的成蛇；有的流芳千古，有的遺臭萬年，成了人們茶餘酒後談古論今的對象。在這兩千多年的漫長悠久的歲月中，赤縣神州的花花世界裡演出了多少幕悲劇、喜劇、鬧劇；然而，這一株南極的「植物」卻沉默著、忍耐著只長了兩公分多一點兒。多麼艱難的成長呀！

想到這一切，我面對這一株不起眼兒的「植物」，難道還能不驚詫得瞠目結舌嗎？

在漢語中有「目擊者」一個詞兒，意思是「親眼看到的人」。我現在想杜撰一個新名詞兒「準目擊者」，意思是「有可能親眼看到的人或物」。「物」分動植物兩種，動物一般是有眼睛的，有眼就能看到。但是植物並沒有眼睛，怎麼還能「擊」（看到）呢？我在這裡只是用了一個詩意的說法，請大家千萬不要「膠柱鼓瑟」地或者「刻舟求劍」地去推敲，就說是植物也能看見吧。

孔子是中國的聖人，是萬世師表，萬人景仰。到了今天，除了他那峨冠博帶的畫像之外，人類或任何動物絕不會有孔子的目擊者。植物呢，我想，連四川青城山上的那一株老壽星銀杏樹，或者陝西黃帝陵上那一些十幾個人合抱不過來的古柏，也不會是孔子的目擊者。然而，我們這一株南極的「植物」卻是有這個資格的，孔子誕生的時候它已經有三千多歲了。對它來說，孔子是後輩又後輩了。如果它當時能來到中國，「目擊」孔子不是輕而易舉的事情嗎？

我不是生物學家，沒有能力了解，這一株「植物」究竟是什麼，我也沒有向唐老鴨問清楚：在南極有多少像這樣的「植物」？

如果有多種的話，它們是不是都是六千歲？如果不是的話，它們中最老的有幾千歲？這樣的「植物」還會不會再長？這樣一系列的問題縈繞在我的腦海中。我感興趣的問題是，我眼前的這一株「植物」，身高六公分，壽高六千歲。如果它或它那些留在南極的夥伴還繼續長的話，再過六千年，也不過高一公寸兩公分，仍然是一株不起眼兒的可憐兮兮「植物」，難登大雅之堂。

然而，今後的六千年卻大大地不同於過去的六千年了。就拿過去一百年來看吧，科技發展，日新月異，過去連想都不敢想的事情，現在做到了；過去認為是幻想的東西，現在是現實了。人類在太空可以任意飛行，連嫦娥的家也登門拜訪到了。到了今天，更是分新秒異，誰也不敢說，新的科技會把我們帶向何方。

一百年尚且如此，誰還敢想像六千年呢？到了那時候人類是否已經異化為非人類，至少同現在的人類迴然不同的人類，誰又敢說呢？想到這一切，念天地之悠悠，後不見來者，我面對這一株不起眼兒的「植物」，只能驚詫得瞠目結舌了。

二〇〇一年七月二日

馬纓花

曾經有很長的一段時間，我孤零零一個人住在一個很深的大院子裡。**從外面走進去，越走越靜，自己的腳步聲越聽越清楚，彷彿從鬧市走向深山**。等到腳步聲成為空谷足音的時候，我住的地方就到了。

院子不小，都是方磚鋪地，三面有走廊。天井裡遮滿了樹枝，走到下方，濃蔭匝地，清涼蔽體。從房子的氣勢來看，從梁柱的粗細來看，依稀還可以看出當年的富貴氣象。這富貴氣象是有來源的。在幾百年前，這裡曾經是明朝東廠。不知道有多少憂國憂民的志士曾在這裡被囚禁過，也不知道有多少人在這裡受過苦刑，甚至喪掉性命。據說當年的水牢現在還有跡可尋哩。

等到我住進去的時候，富貴氣象早已成為陳跡，但是陰森淒苦的氣氛卻是原封未動。再加上走廊上陳列的那一些漢代的石棺石槨，古代刻著篆字和隸字的石碑，一走回這個院子裡，就彷彿進入了古墓。這樣的環境，這樣的氣氛，把我的記憶提到幾千年前去；有時候我簡直就像是生活在歷史裡，自己儼然成為古人了。

這樣的氣氛同我當時的心情是相適應的，我一向又不相信有什麼鬼神，所以住在這裡，也還處之泰然。

但是也有緊張不泰然的時候。往往在半夜裡，我突然聽到推門的聲音，聲音很大，很強烈。我不得不起來看一看。那時候經常停電，我只能在黑暗中摸索著爬起來，摸索著找門，摸索著走出去。院子裡一片濃黑，什麼東西也看不見，連樹影子也彷彿同黑暗黏在一起，一點都分辨不出來。我只聽到大香椿樹上有一陣窸窸窣窣的聲音，然後咪噢的一聲，有兩隻小電燈似的眼睛從樹枝深處對著我閃閃發光。

這樣一個地方，對我那些經常來往的朋友們來說，是不會引起什麼好感的。有幾位在白天還有興致來找我談談，他們很怕在黃昏時分走進這個院子。萬一有事，不得不來，也一定在大門口向工友再三打聽，我是否真在家裡，然後才有勇氣，跋涉過那一個長長的胡同，走過深深的院子，來到我的屋裡。

有一次，我出門去了，看門的工友沒有看見，一位朋友走到我住的那個院子裡。在黃昏的微光中，只見一地樹影，滿院石棺，我那小窗上卻沒有燈光。他的腿立刻抖了起來，費了好大力量，才拖著它們走了出去。第二天我們見面時，談到這點經歷，兩人相對大笑。我是不是也有孤寂之感呢？應該說是有的。當時正是「萬家墨面沒蒿萊」的時代，北京城一片黑暗。白天在學校裡的時候，同青年同學在一起，從他們那蓬蓬勃勃的鬥爭意志和生命活力裡，還可以汲取一些力量和快樂，精神十分振奮。

但是，一到晚上，當我孤零一個人走回這個所謂家的時候，我彷彿遺世而獨立。沒有人聲，沒有電燈，沒有一點活氣。在煤油燈的微光中，我只看到自己那高得、大得、黑得驚人的身影在四面的牆壁上晃動，彷彿是有個巨靈來到我的屋內。寂寞像毒蛇似偷偷地襲來，折磨著我，使我無所逃於天地之間。

在這樣無可奈何的時候，有一天傍晚，我從外面一走進那個院子，驀地聞到一股似濃似淡的香氣。抬頭一看，原來是遮滿院子的馬纓花開花了。在這以前，我知道這些樹都是馬纓花，但是卻沒有十分注意它們。今天它們用自己的香氣告訴了我它們的存在。

這對我似乎是一件新事。我不由得就站在樹下，仰頭觀望：細碎的葉子密密地搭成了一座天棚，天棚上面是一層粉紅色的、細絲般的花瓣，遠處望去，就像是**綠雲層上浮了一團團的紅霧**。香氣就是從這一片綠雲裡灑下來的，灑滿了整個院子，灑滿了我的全身，使我彷彿游泳在香海裡。

花開也是常有的事，開花有香氣更是司空見慣。但是，在這樣一個時候，這樣一個地方，有這樣的花，有這樣的香，我就覺得很不尋常；有花香慰我寂寥，我甚至有一些近乎感激的心情了。

從此，我就愛上了馬纓花，把它當成了自己的知心朋友。北京終於解放了。一九四九年的十月一日，為全中國帶來了光明與希望，為全世界帶來了光明與希望。這一個具有重大意義的日子在我的生命裡劃上了一道鴻溝，我彷彿重新獲得了生命。可惜不久我就搬出了那個院子，同那些可愛的馬纓花告別了。

時間也過得真快，到現在，才一轉眼的工夫，已經過去了十三年。這十三年是我生命史上最重要、最充實、最有意義的十三年。我看了許多新東西，學習了很多新東西，走了很多新地方。當然，也看了很多奇花異草。

我曾在亞洲大陸南端科摩林海角，看到高凌霄漢的巨樹上開著大朵的紅花；曾在緬甸的避暑勝地東枝看到開滿了小花園、火紅照眼的不知名花朵；也曾在烏茲別克的塔什干看到長得像小樹般的玫瑰花。這些花都是異常美妙動人的。

然而使我深深地懷念的，卻仍然是那些平凡的馬纓花，我是多麼想見到它們呀！

最近幾年來，北京的馬纓花似乎多起來了。在公園裡，在馬路旁邊，在大旅館的前面，在草坪上，都可以看到新栽種的馬纓花。細碎的葉子密密地搭成了一座座的天棚，天棚上面是一層粉紅色細絲般的花瓣。遠處望去，就像是綠雲層上浮了一團團的紅霧。這綠雲紅霧飄滿了北京，襯上紅牆、黃瓦，為首都增添了絢麗與芬芳。

我十分高興，彷彿是見了久別重逢的老友。但是，我卻隱隱約約地感覺到，這些馬纓花同自己回憶中的那些很不相同。葉子仍然是那樣的葉子，花也仍然是那樣的花；在短短的十幾年以內，它絕不會變了種。它們不同之處究竟何在呢？

我最初確實是有些困惑，左思右想，只是無法解釋。後來，我擴大了回憶的範圍，不把回憶死死地拴在馬纓花上面，而是把當時所有同自己有關的事物都包括在裡面。不管我是怎樣喜歡院子裡那些馬纓花，不管怎樣愛回憶它們，**回憶的範圍一擴大，同它們聯繫在一起的不是黃昏，就是夜雨，否則就是迷離淒苦的夢境**。我好像是在那些可愛的馬纓花上面，從來沒有見到哪怕是一點點陽光。

然而，今天擺在我眼前的這些馬纓花，卻猶如總是在光天化日之下。即使是在黃昏時候，在深夜裡，我看到它們，它們也彷彿是生氣勃勃，同浴在陽光裡一樣。它們彷彿想同燈光競賽，同明月爭輝。同我回憶裡那些馬纓花比起來，一個是照相的底片，一個是洗好的照片；一個是影，一個是光。影中的馬纓花也許是值得留戀的，但是光中的馬纓花不是更可愛嗎？我從此就愛上了這光中的馬纓花，而且我也愛藏在我心中的這一個光與影的對比。它能告訴我很多事情，帶給我無窮無盡的力量，送給我無限的溫暖與幸福；它也能促使我前進。我願意馬纓花永遠在這光中含笑怒放。

一九六二年五月十一日

聽雨（二）

我大概對雨聲情有獨鍾，我曾寫過一篇〈聽雨〉，現在又寫〈聽雨〉。

從淩晨起，外面就下起小雨來。我本來有幾張桌子，供寫作之用；卻偏偏選了陽臺鐵皮封頂下的一張。雨滴和簷溜敲在上面，叮噹作響。小保母勸我到屋裡面另一張臨窗的大桌旁去寫作，說是那裡安靜。焉知我覺得在陽臺上，在雨聲中更安靜。

王籍詩曰「鳥鳴山更幽」，有人以為奇怪：鳥不鳴不是比鳴更為幽靜嗎？山中這樣的經驗我沒有，雨中這樣的經驗我卻是有的。我覺得「雨響室更幽」，眼前就是這樣。

我伏在桌旁，奮筆疾書，上面鐵皮上雨點和簷溜敲打得叮叮噹噹，宛如白居易〈琵琶行〉的琵琶聲，「大珠小珠落玉盤」，其聲清越，緩急有節，敲打不停，似有間歇。其聲不像貝多芬的音樂，不像蕭邦的音樂，不像莫札特的音樂，不像任何大音樂家的音樂；然而諦聽起來，卻真又像貝多芬，像蕭邦，像莫札特。我聽而樂之，心曠神怡，心靈中特別幽靜，文思如泉水湧起，深深地享受著寫作的情趣。

悠然抬頭：看到窗外，濃綠一片，雨絲像玉簾一般，在這一片濃綠中畫上了線。新荷初露田田葉，垂柳搖曳絲絲煙，幾疑置身非人間。

我當然會想到小山上我那些野草間花的植物朋友們，它們當然也絕不會輕易放過這樣的天賜良機；盡量張大了嘴，吮吸這些從天上滴下來的甘露，為來日抵抗炎陽做好準備。我頭頂上滴聲未息，而陽臺上幽靜有加，我彷彿離開了嘈雜的塵寰，與天地萬物合為一體。

一九九七年六月三日

咪咪

我現在越來越不了解自己了。原以為自己不是多愁善感的人，內心還是比較堅強的，現在才發現，這只是一個假象，我的感情其實脆弱得很。

八年以前，我養了一隻小貓，取名咪咪。她大概是一隻波斯混種的貓，全身白毛，毛又長又厚，冬天胖得滾圓。額頭上有一塊黑黃相間的花斑，尾巴則是黃的。總之，她長得非常逗人喜愛。

因為我經常給她些魚肉之類的東西吃，她就特別喜歡我。有幾年的時間，咪咪夜裡睡在我的床上。每天晚上，只要我一鋪開棉被，蓋上毛毯，她就急不可待地跳上床去，躺在毯子上。我躺下不久，就聽到咪咪打呼嚕的聲音——用我們家鄉話也叫「念經」。

半夜裡，我在夢中往往突然感到臉上一陣冰涼，是小貓用舌頭來舔我了，有時候還要往我被窩兒裡鑽。偶爾有一夜，咪咪沒有到床上來，我頓感空蕩寂寞，半天睡不著。等半夜醒來，腳頭上沉甸甸的，用手一摸：毛茸茸的一團，心裡有說不出來的甜蜜感，再次入睡，如遊天宮。

早晨一起床，吃過早點，坐在書桌前看書寫字。這時候咪咪絕不再躺在床上，而是一定要跳上書桌，趴在檯燈下我的書上或稿紙上，有時候還要給我一個屁股，頭朝裡面。有時候還會搖擺尾巴，把我的書頁和稿紙搖亂。

過了一些時候，外面天色大亮，我就把咪咪和另外一隻純種「國貓」，名叫虎子的黑色斑紋「土貓」放出門去，到湖邊和土山下草坪上去吃點青草，就地打幾個滾兒，然後跟在我身後散步。我上山，她們就上山；我走下來，她們也跟下來。貓跟人散步是極為稀見的，因此成為朗潤園一景。

這時候，幾乎每天都碰到一位手提鳥籠遛鳥的老退休工人，我們一見面，就相對大笑一陣：「你在遛鳥，我在遛貓，我們各有所好啊！」我的每一天，往往就是在這種情況下開始的。其樂融融，自不在話下。

大概在一年多以前，有一天，咪咪忽然失蹤了。我們全家都有點著急。我們左等，右等；左盼，右盼，望穿了眼睛，只是不見。在深夜，在凌晨，我走了出來，瞪大了雙眼，尖起了雙耳，希望能在朦朧中看到一團白色，希望能在萬籟俱寂中聽到一點聲息。然而，一切都是枉然。

這樣過了三天三夜，一個下午咪咪忽然回來了。雪白的毛上沾滿了雜草，顏色變得灰土土的，完全一副狼狽不堪的樣子。一頭闖進門，直奔貓食碗，狼吞虎嚥，大嚼一通。然後跳上壁櫥，藏了起來，好半天不敢露面。

從此，她似乎變了脾氣，拉尿不知，有時候竟在桌子上撒尿和拉屎。她原來是一隻規矩溫順的小貓咪，完全不是這樣子的。我們都懷疑，她之所以失蹤，是被壞人捉走了的，想逃跑，受到了虐待，甚至受到捶撻，好不容易，逃了回來，逃出了魔掌，生理上受到了劇烈的震動，才落了一身這樣的壞毛病。

我們看了心裡都很難受。一個純潔無辜的小動物，竟被折磨成這個樣子，誰能無動於衷呢？可是我又有什麼辦法？我是最喜愛這個小東西的，心裡更好像是結上了一個大疙瘩，然而卻是愛莫能助，眼睜睜地看她在桌上的稿紙上撒尿。但是，我絕不打她。我一向主張，對小孩子和小動物這些弱者，動手打就是犯罪。我常說，一個人如果自認還有一點力量、一點權威的話，應當向敵人和壞人施展，不管他們多強多大。向弱者發洩，算不上英雄好漢。

然而事情發展卻越來越壞，咪咪任意撒尿和拉屎的頻率增強了，範圍擴大了。在桌上，床下，澡盆中，地毯上，書上，紙上，只要從高處往下一跳，尿水必隨之而來。我以耄耋衰軀，匍匐在床下、桌下，向縱深的暗處去清掃貓屎，鑽出來以後，往往喘上半天粗氣。我不但毫不氣餒，而且大有樂此不疲之慨，心裡樂滋滋的。

我那年近九旬的老祖笑著說：「你從來沒有幫女兒、兒子打掃過屎尿，也沒有幫孫子、孫女打掃過，現在卻心甘情願服侍這一隻小貓！」我笑而不答。我不以為苦，反以為樂。這一點我自己也解釋不清楚。

但是，事情發展得比以前更壞了。家人忍無可忍，主張把咪咪趕走。我覺得，讓她出去野一野，也許會治好她的病，我同意了。於是在一個晚上把咪咪送出去，關在門外。我躺在床上，輾轉反側，再也睡不著。後來矇矓睡去，做起夢來，夢到的不是別的什麼，而是咪咪。

第二天早晨，天還沒有亮，我拿著電筒到樓外去找。我知道，她喜歡趴在對面居室的陽臺上。拿手電筒一照，白白的一團，咪咪蜷伏在那裡，見到了我咪噢叫個不停，彷彿有一肚子委屈要向我傾訴。我聽了這種哀鳴，心酸淚流。如果貓能做夢的話，她夢到的必然是我。她現在大概怨我太狠心了，我只有默默承認，心裡痛悔萬分。

我知道，咪咪的母親剛剛死去，她自己當然完全不懂這一套，我卻是懂得的。我青年喪母，留下了終天之恨。年近耄耋，一想到母親，仍然淚流不止。現在竟把思母之情移到了咪咪身上。我心跳手顫，趕快拿來魚飯，讓咪咪飽餐一頓。但是，沒有得到家人的同意，我仍然得把咪咪留在外面。而我又放心不下，經常出去看她。

我住的朗潤園小山重疊，林深樹茂，應該說是貓的天堂。可是咪咪硬是不走，總臥在我住宅周圍。

我有時晚上打手電筒出來找她，在臨湖的石頭縫中往往能發現白色的東西，那是咪咪。見了我，她又咪噢直叫。她眼睛似乎有了病，老是淚汪汪的。她的淚也引起了我的淚，我們相對而泣。

我這樣一個走遍天涯海角、飽經滄桑的垂暮之年的老人，竟為這樣一隻小貓而失神落魄，對別人來說，可能難以解釋，但對我自己來說，卻是很容易解釋的。從報紙上看到，定居臺灣的老友梁實秋先生，在臨終前念念不忘的是他的貓。我讀了大為欣慰，引為「同志」，這也可以說是「貓壇」佳話吧。我現在再也不硬充英雄好漢了，我俯首承認我是多愁善感的。咪咪這樣一隻小貓就戳穿了我這一隻「紙老虎」。我了解到了自己的本來面目，並不感到有什麼難堪。

現在，我正在香港講學，住在中文大學會友樓中。此地背山面海，臨窗一望，海天混茫，水波不興，青螺數點，帆影一片，風光異常美妙，園中有四時不謝之花，八節長春之草，兼又有主人盛情款待，我心中此時樂也。然而我卻常有「山川信美非吾土」之感，我懷念北京燕園中我的家人，我的朋友，我的書房，我那堆滿書案的稿子。

我想到北國就要千里冰封、萬里雪飄，「馬後桃花馬前雪，教人哪得不回頭？」我歸心似箭，絕不會「回頭」。特別是當我想到咪咪時，彷彿聽到她咪噢的哀鳴，心裡顫抖不停，想立刻插翅回去。

小貓吃不到我親手餵她的魚肉，也許大惑不解：「我的主人哪裡去了呢？」貓們不會理解人們的悲歡離合。我慶幸她不理解，否則更會痛苦了。

好在我留港的時間即將結束，不久就能夠見到我的家人，我的朋友。燕園中又多了一個我，咪咪會特別高興的，她的病也許會好了。北望雲天萬里，我為咪咪祝福。

一九八八年十一月八日寫於香港中文大學會友樓

老貓

老貓虎子蜷曲在玻璃窗外窗臺上一個角落裡，縮著脖子，瞇起眼睛，一片寂寞、淒清、孤獨、無助的神情。

外面正下著小雨，雨絲一縷一縷地向下飄落，像是珍珠簾子。時令雖已是初秋，但是隔著雨簾，還能看到緊靠窗子的小土山上叢草依然碧綠，毫無要變黃的樣子。在萬綠叢中赫然露出一朵鮮豔的紅花。古詩「萬綠叢中一點紅」，大概就是這般光景吧。這一朵小花如火似燃，照亮了渾茫的雨天。

我從小就喜愛小動物。同小動物在一起，別有一番滋味。牠們天真無邪，率性而行；有吃搶吃，有喝搶喝；不會說謊，不會推諉；受到懲罰，忍痛挨打；一轉眼間，照偷不誤。同牠們在一起，我心裡感到怡然，坦然，安然，欣然。不像同人在一起那樣，應對進退、謹小慎微，斟酌詞句、保持距離，感到異常的彆扭。

十四年前，我養的第一隻貓，就是這個虎子。剛到我家來的時候，她比老鼠大不了多少。蜷曲在窄狹的窗內窗臺上，活動的空間好像富富有餘。她並沒有什麼特點，僅只是一隻最平常的狸貓，身上有虎皮斑紋，顏色不黑不黃，並不美觀。但是異於常貓的地方也有，她有兩隻炯炯有神的眼睛，兩眼一睜，還真虎虎有虎氣，因此起名叫虎子。

她脾氣也確實暴烈如虎，從來不怕任何人。誰要想打她，不管是用雞毛撣子，還是用竹竿，虎子從不迴避，而是向前進攻，聲色俱厲。得罪過她的人，她永世不忘。我的外孫打過一次，從此結仇。只要他到我家來，隔著玻璃窗子，一見人影，虎子就做好準備，向前進攻，爪牙並舉，吼聲震耳。他沒有辦法，在家中走動，都要手持竹竿，以防萬一，否則寸步難行。

有一次，一位老同志來看我，他顯然是非常喜歡貓的。一見虎子，嘴裡連聲說著：「我身上有貓味，貓不會咬我的。」他伸手想去撫摸她，可萬萬沒有想到，我們虎子不懂什麼貓味，回頭就是一口。這位老同志大驚失色。總之，到了後來，虎子無人不咬，只有我們家三個主人除外，她的「咬聲」頗能聳人聽聞了。

但是，要說這就是虎子的全貌，那也是不正確的。除了暴烈咬人以外，她還有另外一面，這就是溫柔敦厚的一面。我舉一個小例子。虎子來我們家以後的第三年，我又養了一隻小貓。這是一隻混種的波斯貓，渾身雪白，毛很長，但在額頭上有一小片黑黃相間的花紋。我們家人管這隻貓叫洋貓，起名咪咪；虎子則被尊為土貓。

這隻貓的脾氣同虎子完全相反：膽小、怕人，從來沒有咬過人。只有在外面跑的時候，才露出一點兒野性。只要有機會溜出大門，但見她長毛尾巴一擺，像一溜煙似的立即竄入小山的樹叢中，半天不回家。

這兩隻貓並沒有血緣關係。但是，不知道是由於什麼原因，一進門，虎子就把咪咪看作是自己的親生女兒。她自己本來沒有什麼奶，卻堅決要餵奶給咪咪，把咪咪摟在懷裡，讓她咂自己的乾乳頭，她瞇著眼睛，彷彿在享著天福。

我在吃飯的時候，有時丟點兒雞骨頭、魚刺，這等於貓們的燕窩、魚翅。但是，虎子卻只蹲在旁邊，瞅著咪咪一隻貓吃，從來不同她爭食。有時還「咪噢」上兩聲，好像是在說：「吃吧，孩子！安安靜靜地吃吧！」

有時候，不管是春夏還是秋冬，虎子會從西邊的小山上逮一些小動物，麻雀、蚱蜢、蟬、蛐蛐之類，用嘴叼著，蹲在家門口，嘴裡發出一種怪聲。這是貓語，屋裡的咪咪，不管是睡還是醒，聳耳一聽，立即跑到門後，饞涎欲滴，等著吃母親帶來的佳餚，大快朵頤。

我們家人看到這樣母子親愛的情景，都由衷地感動，一致把虎子稱作「義貓」。

有一年，小咪咪生了兩隻小貓。大概是初做母親，沒有經驗，正如我們聖人所說的那樣「未有學養子而後嫁者也」，人們能很快學會，而貓們則不行。咪咪丟下小貓不管，虎子卻大忙特忙起來，覺不睡，飯不吃，日日夜夜把小貓摟在懷裡。但小貓是要吃奶的，而奶正是虎子所缺的。於是小貓暴躁不安，虎子眉頭一皺，計上心來，叼起小貓，到處追著咪咪，要她餵奶。還真像一個奶奶的樣子。但是小咪咪並不領情，依舊不餵奶給小貓。

有幾天的時間，虎子不吃不喝，瞪著兩隻閃閃發光的眼睛，嘴裡叼著小貓，從這屋趕到那屋，一轉眼又趕了回來。小貓大概真是受不了啦，便辭別了這個世界。

我看了這一齣貓家庭裡的悲劇又是喜劇，實在是愛莫能助，惋惜了很久。

我同虎子和咪咪都有深厚的感情。每天晚上，她們倆搶著到我床上去睡覺。在冬天，我在棉被上面特別鋪上了一塊布，供她們躺臥。

我有時候半夜裡醒來，神志一清醒，覺得有什麼東西重重地壓在我身上，一股暖氣彷彿透過了兩層棉被，撲到我的雙腿上。

我知道，小貓睡得正香，即使我的雙腿由於僵臥時間過久，又酸又痛，但我總是強忍著，絕不動一動雙腿，免得驚了小貓的輕夢。她此時也許正夢著捉住了一隻耗子，只要我的腿一動，她這耗子就吃不成了，豈非大煞風景嗎？

這樣過了幾年，小咪咪大概有八、九歲了。虎子比她大三歲，十一、二歲的光景，依然威風凜凜，脾氣暴烈如故，見人就咬，大有死不改悔的神氣。而小咪咪則出我意料地露出了下世的光景，常常到處小便，桌子上，椅子上，沙發上，無處不便。如果到醫院裡去檢查的話，大夫在列舉的病情中一定會有一條的：小便失禁。

最讓我心煩的是，她偏偏看上了我桌子上的稿紙。我正寫著什麼文章，然而她卻根本不管這一套，跳上去，屁股往下一蹲，一泡貓尿流在上面，還閃著微弱的光。說我不急，那不是真的。我心裡真急，但是，我謹遵一條戒律：絕不打小貓一掌，在任何情況之下，也不打她。

此時，我趕快把稿紙拿起來，抖掉了上面的貓尿，等它自己乾去。心裡又好氣，又好笑，真是哭笑不得。家人對我的嘲笑，我置若罔聞，「全等秋風過耳邊」。

我不信任何宗教，也不皈依任何神靈。但是，此時我卻有點想迷信一下。我期望會有奇蹟出現，讓咪咪的病情好轉。可世界上是沒有什麼奇蹟的，咪咪的病一天一天地嚴重起來。她不想回家，喜歡在房外荷塘邊上石頭縫裡待著，或者藏在小山的樹木叢裡。她再也不在夜裡睡在我的被子上了。每當我半夜裡醒來，覺得棉被上輕飄飄的，我惘然若有所失，甚至有點兒悲傷了。

我每天凌晨起來，第一件事情就是拿著手電筒到房外塘邊山上去找咪咪。她渾身雪白，是很容易找到的。在薄暗中，只要眼前白白地一閃，我就知道是咪咪。見了我，

「咪噢」一聲，起身向我走來。我把她抱回家，給東西吃，咪咪似乎根本沒有胃口。我看了直想流淚。

有一次，我拖著疲憊的身子，走幾里路，到海淀的肉店裡去買豬肝和牛肉。拿回來，餵給咪咪吃，她一聞，似乎有點兒想吃的樣子；但肉一沾唇，她立即又把頭縮回去，閉上眼睛，不聞不問了。

有一天傍晚，我看咪咪神情很不妙，預感要發生什麼事情。我喚她，但她不肯進屋。我把咪咪抱到籬笆以內，窗臺下面的位置，並端來兩個碗，一個盛吃的，一個盛水。我拍了拍咪咪的腦袋，她依偎著我，「咪噢」叫了兩聲，便閉上了眼睛。我放心進屋睡覺。

第二天凌晨，我一睜眼，三步並作一步，手裡拿著手電筒，到外面去看。哎呀不好！兩碗全在，貓影頓杳。我心裡非常難過，說不出是什麼滋味。我手持手電筒找遍了塘邊，山上，樹後，草叢，深溝，石縫。有時候，眼前白光一閃。「是咪咪！」我狂喜。走近一看，是一張白紙。我嗒然若喪，心頭彷彿被挖掉了點兒什麼。「屋前屋後搜之遍，幾處茫茫皆不見。」

從此我就失掉了咪咪，她從我的生命中消逝了，永遠永遠地消逝了。我簡直像是失掉了一個好友，一個親人。至今回想起來，我內心裡還顫抖不止。

在我心情最沉重的時候，有一些通達世事的好心人告訴我，貓們有一種特殊的本領，能知道自己什麼時候壽終。到了此時此刻，牠們絕不待在主人家裡，讓主人看到死貓，感到心煩，或感到悲傷。牠們總是逃了出去，到一個最僻靜、最難找的角落裡，地溝裡，山洞裡，樹叢裡，等候最後時刻的到來。

因此，養貓的人大都在家裡看不見死貓的屍體。只要自己的貓老了，病了，出去幾天不回來，他們就知道，貓已經離開了人世，不讓舉行遺體告別的儀式，永遠永遠不再回來了。

我聽了以後，憬然若有所悟。我不是哲學家，也不是宗教家，但卻讀過不少哲學家和宗教家談論生死大事的文章。這些文章多半有非常精闢的見解，閃耀著智慧的光芒，我也想努力從中學習一些有關生死的真理。結果卻是毫無所得。那些文章中，除了說教以外，幾乎沒有什麼有用的東西。大半都是老生常談，不能解決什麼實際問題，沒能讓我留下深刻的印象。

現在看來，倒是貓們臨終時的所作所為，即使僅僅是出於本能吧，卻給了我很大的啟發。人們難道就不應該向貓們學習這一點經驗嗎？有生必有死，這是自然規律，誰都逃不過。過去歷史上的赫赫有名的人物，秦皇、漢武，還有唐宗，想方設法，千方百計，想求得長生不老，到頭來仍然是竹籃子打水一場空，只落得黃土一抔，「西風殘照，漢家陵闕」。我輩平民百姓又何必煞費苦心呢？一個人早死幾個小時，或者晚死幾個小時，甚至幾天，實在是無所謂的小事，絕影響不了地球的轉動，社會的前進。

再退一步想，現在有些思想開明人士，不想長生不老，不想在大地上再留黃土一抔；甚至開明到不要遺體告別，不要開追悼會。但是仍會給後人留下一些麻煩：登報，發訃告，還要打電話四處通知，總得忙上一陣。何不學一學貓們呢？牠們這樣處理生死大事，做得何等乾淨利索呀！一點兒痕跡也不留，走了，走了，永遠地走了，讓這花花世界的人們不見貓屍，用不著落淚，照舊做著花花世界的夢。

我忽然聯想到我多次看過的敦煌壁畫上的西方淨土。所謂「淨土」，指的就是我們常說的天堂、樂園，是許多宗教信徒燒香念佛，查經禱告，甚至實行苦行，折磨自己，夢寐以求想到達的地方。據說在那裡可以享受天福，得到人世間萬萬得不到的快樂。

我看了壁畫上畫的房子、街道、樹木、花草，以及大人、小孩，林林總總，覺得十分熱鬧，可總覺得沒有什麼出奇之處。只有一件事讓我留下了永不磨滅的印象，那就是，那裡的人們都是笑口常開，沒有一個人愁眉苦臉，他們的日子大概過得都很愜意。不像在我們人間有這樣許多不如意的事情，有時候辦點兒事，還要找後門，鑽空子。

在他們的商店裡——淨土裡面還實行市場經濟嗎？他們還用得著商店嗎？——售貨員大概都很和氣，不給人白眼，不訓斥「上帝」，不成堆閒侃，不給人釘子碰。這樣的天堂樂園，我也真是心嚮往之的。

但是我印象最深，使我最為吃驚或者羨慕的，還是他們對待將死之人的態度。那裡的人，大概同人世間的貓們差不多，能預先知道自己壽終的時刻。到了此時，要死的老嬤嬤或者老頭兒，健步如飛地走在前面，身後簇擁著自己的子子孫孫、至親好友，個個喜笑顏開，全無悲戚的神態，彷彿是去參加什麼喜事一般，一直把老人送進墳墓。

後事如何，壁畫不是電影，是不能動的。然而畫到這個地步，以後的事盡在不言中。如果一定要畫上填土封墳，反而似乎是多此一舉了。我覺得，淨土中的人們為我們人類爭了光。

他們這一手比貓們又漂亮多了。知道必死，而又興高采烈，多麼豁達！多麼聰明！貓們能做得到嗎？這證明，淨土裡的人們真正參透了人生奧祕，真正參透了自然規律。人為萬物之靈，他們為我們人類在同貓們對比之下真真增了光！真不愧是淨土！

上面我胡思亂想得太遠了，還是回到人世間來吧。我坦白承認，自己對人生的奧祕參透得還不夠，對自然規律參透得也還不夠。我仍然十分懷念我的咪咪。我心裡彷彿有一個空白，非填起來不行。我一定要找一隻同咪咪一模一樣的白色波斯貓。

後來果然朋友又送來了一隻，渾身長毛，潔白如雪，兩隻眼睛全是綠的，亮晶晶像兩塊綠寶石。為了紀念死去的咪咪，我仍然為她命名「咪咪」，見了她，就像見到老咪咪一樣。過了大約有一年的光景，友人又送了我一隻據說是純種的波斯貓，兩隻眼睛顏色不同，一黃一藍。在太陽光下，黃的特別黃，藍的特別藍，像兩顆黃藍寶石，閃閃發光，競妍爭豔。

這隻貓特別調皮，簡直是膽大無邊，然而也因此就更特別可愛。這一下子又忙壞了虎子，她認為這兩隻小貓都是自己的親生女兒，硬逼著她們吮吸自己那乾癟的乳頭。只要她走出去，不知在什麼地方弄到了小鳥、蚱蜢之類，就帶回家來，給兩隻小貓吃。好久沒有聽到「咪噢」喚小貓的聲音，現在又聽到了。我心裡漾起了一絲絲甜意。這大大地減輕了我對老咪咪的懷念。

可是歲月不饒人，也不會饒貓的。這一隻「土貓」虎子已經活到十四歲。據通達世情的人們說，貓的十四歲，就等於人的八、九十歲。這樣一來，我自己不是成了虎子的同齡「人」了嗎？

這個虎子卻也真怪。有時候，頗現出一些老相。兩隻炯炯有神的眼睛裡忽然被一層薄膜蒙了起來。嘴裡流出了哈喇子，鬍子上都沾得亮晶晶的。不大想往屋裡來，日日夜夜趴在陽臺的蜂窩煤堆上，不吃，不喝。我有了老咪咪的經驗，知道她快不行了。

我也跑到海淀，去買來牛肉和豬肝，想讓她不要餓著肚子離開這個世界。我隨時準備著：第二天早晨一睜眼，虎子不見了。結果虎子並沒有這樣幹。我天天淩晨第一件事就是來看虎子；隔著窗子，依然黑糊糊的一團，臥在那裡。我心裡感到安慰。

有時候，她也起來走動了。我在本文開頭時寫的，就是去年深秋一個下雨天我隔窗看到虎子的情況。到了今天，半年又過去了。虎子不但沒有走，而且頑健勝昔，仍然是天天出去。有時候在晚上，窗外的布簾子一角驀地被掀了起來，一個丑角似的三花臉一閃。我便知道，這是虎子回來了，連忙開門，放她進來。

大概同某一些老年人一樣，到了暮年就改惡向善，虎子的脾氣大大地改變了，幾乎再也不咬人了。

我早晨摸黑起床，寫作看書累了，常常到門外湖邊山下去走一走。此時，冷不防腳下忽然踢著了一團軟乎乎的東西。這是虎子。她在夜裡不知道在什麼地方待了一夜，現在看到了我，一下子竄了出來，用身子蹭我的腿，在我身前和身後轉悠。

她跟著我，亦步亦趨，我走到哪裡，她就跟到哪裡，寸步不離。我有時故意爬上小山，以為她不會跟來了，然而一回頭，虎子正跟在身後。貓是從來不跟人散步的，只有狗才這樣幹。有時候碰到過路的人，他們見了這情景，都大為吃驚。「你看貓跟著主人散步哩！」他們說，露出滿臉驚奇的神色。

最近這個時期，虎子似乎更精力旺盛了，她返老還童了。有時候竟帶一個她重孫輩的小公貓到我們家陽臺上來。

「今夜我們相識。」虎子用不著介紹就相識了。看樣子，虎子一去不復返的日子遙遙無期了。我成了擁有三隻貓的家庭主人。

我養了十幾年貓，前後共有四隻。貓們向人們學習什麼，我不通貓語，無法詢問。我作為一個人卻確實向貓學習了一些有用的東西。上面講過對處理死亡的辦法，就是一個例子。我自己畢竟年紀已經很大了，常常想到死的問題。魯迅五十多歲就想到了，我真是瞠乎後矣。

人生必有死，這是無法抗禦的。而且我還認為，死也是好事情。如果世界上的人都不死，連軒轅老祖和孔老夫子今天依然峨冠博帶，坐著賓士車，到天安門去遛彎兒，你想人類世界會成一個什麼樣子！人是百代過客，總是要走過去的，這絕不會影響地球的轉動和人類社會的進步。

每一代人都只是一場沒有終點的長途接力賽一環。前不見古人，後不見來者，是宇宙常規。人老了要死，像在淨土裡那樣，應該算是一件喜事。老人跑完了自己的一棒，把棒交給後人，自己要休息了，這是正常的。不管快慢，他們總算跑完了一棒，總算對人類的進步做出了貢獻，總算盡上了自己的天職。

年老了要退休，這是身體精神狀況所決定的，不是哪個人能改變的。老人們會不會感到寂寞呢？我認為，會的。但是我卻覺得，這寂寞是順乎自然的，從倫理的高度來看，甚至是應該的。

我始終主張，老年人應該為年輕人活著，而不是相反。年輕人有接力棒在手，世界是他們的，未來是他們的，希望是他們的。吾輩老年人的天職是盡上自己僅存的精力，幫助他們前進，必要時要躺在地上，讓他們踏著自己的軀體前進，前進。如果由於害怕寂寞而學習《紅樓夢》裡的賈母，讓一家人都圍著自己轉，這不但是辦不到的，而且從人類前途利益來看是犯罪的行為。

我說這些話，也許有人懷疑，我是不是碰到了什麼不如意的事，才說出這樣令某些人駭怪的話來。不，不，絕不。我現在身體頑健，家庭和睦，在社會上廣有朋友，每天照樣讀書、寫作、會客、開會不輟。我沒有不如意的事情，也沒有感到寂寞。不過自己畢竟已逾耄耋之年，面前的路有限了，不免有時候胡思亂想。而且，我同貓們相處久了，覺得牠們有些東西確實值得我們學習，我們這些萬物之靈應該屈尊一下，學習學習。即使只學到貓們處理死亡大事這一手，社會上將會減少多少麻煩呀！

「那麼，你是不是準備學習呢？」我彷彿聽到有人這樣質問了。是的，我心裡是想學習的。不過也還有些困難。我沒有貓的本能，也不知道自己的大限何時來到。而且我還有點擔心，如果真正學習了貓，有一天忽然偷偷地溜出了家門，到一個旮旯裡、樹叢裡、山洞裡、河溝裡，一頭鑽進去，藏了起來，這樣一來，我們人類社會可不像貓社會那樣平靜，有些人必然認為這是特大新聞，指手畫腳，嘁嘁喳喳。

如果是在舊社會裡或者是在今天香港等地的話，這必將成為頭版頭條的爆炸性新聞，不亞於當年的楊乃武和小白菜[8]。我的親屬和朋友也必將派人出去尋找，派的人也許比尋找彭加木的人還要多[9]。這是多麼可怕的事呀！因此我就遲疑起來。至於最後究竟何去何從？我正在考慮、推敲、研究。

一九九二年二月十七日

8 此為清末一大冤案，起因是一男子葛品連暴斃，葛的妻子小白菜被誣指與楊乃武通姦，並被控謀殺。結果兩人均遭受冤屈。

9 此指著名的中國生物化學家彭加木，於一九八〇年在新疆羅布泊考察期間神祕失蹤事件。

咪咪二世

凌晨四時，如在冬天，夜氣猶濃，黑暗蔽空。我起床打開電燈，拉開窗簾，玻璃窗外窗臺上兩股探照燈似的紅光正對準我射過來。我知道，咪咪二世已等著我開門了。

我連忙拿起手電筒，開門，走到黑暗的樓道裡，用手電筒對著黑暗的門外閃上兩閃。立即有一股白煙似的東西，竄到我的腳下，用渾身白而長的毛蹭我的腿，用嘴咬我的褲腿，用軟軟的爪子撓我的腿，使我步都邁不開。看樣子真好像是多年未見了。實際上昨天晚上我才開門放她出去的。進屋以後，我給她極小一塊的豬肝或牛肉，她心滿意足了。跳上電冰箱頂，雙眼一瞇，呼嚕呼嚕念起經來了。

多少年來，我一日之計就是這樣開始的。

起名為咪咪就好了，為什麼還要加上「二世」？原來我養過一隻純白的波斯貓，後來壽限已到，不知道壽終什麼寢了。她的名字叫咪咪，她的死讓我非常悲哀，我發誓要找一隻同樣毛長尾粗的波斯貓。皇天不負有心人，後來果然找到了。為了區別於她的前任，我仿效秦始皇的辦法，命名為「二世」。是不是也含著一點傳之萬世而無窮的意思呢？沒有，咪咪和我都沒有秦始皇那樣的雄才大略。

不管怎樣，咪咪二世已經成了我每天不太多的喜悅源泉。在白天，我看書寫作一疲倦，就往往到樓外小山下池塘邊去散一會兒步。這時候，忽然出我意料，又有一股白煙從草叢裡，從野花旁，驀地竄了出來，用長而白的毛蹭我的腿，用嘴咬我的褲腿，用軟軟的爪子撓我的腳，使我步都邁不開。

我努力邁步向前走，她就跟在身後陪我散步，山上，池邊，我走到哪裡，她跟到哪裡。據有經驗的老人說，只有狗才跟人散步，貓是絕不肯的。可是我們的咪咪二世卻敢於打破貓們的舊習，成為貓世界的「叛逆女性」。於是，小貓跟季羨林散步，就成為燕園的一奇，可惜宣傳跟不上，否則，這一奇景將同英國王宮衛隊換崗，名揚世界了。

一九九三年十二月十三日

自己的花是給別人看的

愛美大概也算是人的天性吧。宇宙間美的東西很多，花在其中占重要的地位。愛花的民族也很多，德國在其中占重要的地位。

四、五十年前我在德國留學的時候，曾多次對德國人愛花之真切感到吃驚。家家戶戶都在養花。他們的花不像在中國那樣，養在屋子裡，他們是把花都栽種在臨街窗戶的外面。花朵都朝外盛開，在屋子裡只能看到花的脊梁。我曾問過我的女房東：「妳這樣養花是給別人看的吧！」她莞爾一笑說道：「正是這樣！」

正是這樣，也確實不錯。走過任何一條街，抬頭向上看，家家戶戶的窗子前都是花團錦簇、姹紫嫣紅。許多窗子連接在一起，匯成了一個花的海洋，讓我們看的人如入山陰道上，應接不暇。

每一家都是這樣，在屋子裡的時候，自己的花是讓別人看的。走在街上的時候，自己又看別人的花。人人為我，我為人人。我覺得這一種境界是頗耐人尋味的。

今天我又到了德國，剛一下火車，迎接我們的主人問我：「你離開德國這樣久，有什麼變化沒有？」

我說：「變化是有的，但是美麗並沒有改變。」我說「美麗」指的東西很多，其中也包含著美麗的花。

走在街上，抬頭一看，又是家家戶戶的窗口上都堵滿了鮮花。

多麼奇麗的景色！多麼奇特的民族！我彷彿又回到了四、五十年前去，我做了一個花的夢，做了一個思鄉的夢。

一九八五年八月二十七日

溫馨，家庭不可或缺的氣氛

大千世界，芸芸眾生，除了看破紅塵出家當和尚的以外，每一個人都會有一個家。一提到家，人們會不由自主地漾起一點溫暖之意，一絲幸福之感。

不這樣也是不可能的。不管是單職工還是雙職工[10]，白天在政府機構、學校、公司、工廠、商店等等五花八門的場所工作勞動。

不管是腦力勞動，還是體力勞動，都會付出巨大的力量，應付錯綜複雜的局面，會見性格各異的人物，有時會弄得筋疲力盡。

有道是：「不如意事常八九。」哪裡事事都會讓你稱心如意呢？到了下班以後，有

10 單職工：夫妻二人中有一人在政府機關單位上班，另一方則可能從事其他行業，如農業、服務業等；雙職工：夫妻二人皆在政府機關單位上班。

如倦鳥還巢一般，帶著一身疲憊，滿懷喜悅，回到自己家裡。這是一個真正的安身立命之處，在這裡人們主要祈求的就是溫馨。

有父母的，向老人問寒問暖，老少都感到溫馨；有子女的，同孩子談上幾句，親子都感到溫馨；夫妻說上幾句悄悄話，男女都感到溫馨。當是時也，白天一天操勞身心兩方面的倦意，間或有心中的憤懣，工作中或競爭中偶爾的挫折，在處理事務中或人際關係中碰的一點小釘子，如此等等，都會煙消雲散，代之而興的是融融的愉悅。總之，感到的是不能用任何語言表達的溫馨。

你還可以便裝野服，落拓形跡。白天在外面有時不得不戴著的假面具，完全可以甩掉。有的不得不裝腔作勢，以求得能適應應對進退的所謂禮貌，也統統可以丟開，還你一個本來面目，圓通無礙，純然真我。天下之樂寧有過於此者乎？所有這一切都來自家庭中真正的溫馨。

但是，是不是每一個家庭都是溫馨天成、唾手可得呢？不，不，絕不是的。家庭中雖有夫妻關係、血緣關係，但是，所有這一些關係，都不能保證溫馨氣氛必然出現。

俗話說，鍋碗瓢盆都會相撞。每個人的脾氣不一樣，愛好不一樣，習慣不一樣，信念不一樣，而且人是活人，喜怒哀樂，時有突變的情況，情緒也有不穩定的時候，特別是在自己的親人面前，更容易表露出來。

有時候為一點芝麻綠豆大的小事，也會意見相左，處理不得法，也能產生齟齬。天天耳鬢廝磨，誰也不敢保證這種情況不會發生。

那麼，我們應當怎麼辦呢？就我個人來看，處理這樣清官難斷的家務事，說難極難，說不難也頗易。只要能做到「真」、「忍」二字，雖不中，不遠矣。「真」者，真情也。「忍」者，容忍也。

我歸納成了幾句順口溜：相互恩愛，相互誠懇，相互理解，相互容忍，出以真情，不雜私心，家庭和睦，其樂無垠。

有人可能不理解，我為什麼把容忍強調到這樣的高度。要知道，容忍是傳統美德之一。我們的往聖先賢，大都教導我們要容忍。民間諺語中，也有不少容忍的內容，教人忍讓。

有的說法，雖然看似消極，實則有積極意義，比如「忍辱負重」，韓信就是一個有名的例子。

《唐書》記載，張公藝九世同居，唐高宗問他睦族之道，公藝提筆寫了一百多個「忍」字遞給皇帝。從那以後，姓張的多自命為「百忍家聲」。

佛家也十分強調忍辱之要義，經中有很多忍辱仙人的故事。常言道：「小不忍則亂大謀。」

在家庭中則是「小不忍則亂家庭」。

夫妻、父母、子女之間，有時難免有不同的意見，如果一方發點小脾氣，你讓他（她）一下，風暴便可平息。等到他（她）心態平衡以後，自己會認錯的。

此時，如果你也不冷靜，火冒三丈，輕則動嘴，重則動手，最終可能告到法庭，宣判離婚，豈不大可哀哉！

父母兄弟姊妹之間，也有同樣的情況。

結果，一個好端端的家庭弄得分崩離析。這輕則會影響你暫時的情緒，重則影響你的生命前途。難道我這是危言聳聽嗎？

總之，溫馨是家庭不可或缺的氣氛，而溫馨則是需要培養的。培養之道，不出兩端，一真一忍而已。

一九九八年十月二十三日

陸／靈魂獨立，不畏孤寂

多少年以來，我的座右銘一直是：

「縱浪大化中，不喜亦不懼。

應盡便須盡，無復獨多慮。」

老老實實的、樸樸素素的四句陶詩，

幾乎用不著任何解釋。

我是怎樣實行這個座右銘的呢？

無非是順其自然，隨遇而安而已，沒有什麼奇招。

忘

記得曾在什麼地方聽過一個笑話。一個人善忘。一天，他到野外去出恭。任務完成後，卻找不到自己的腰帶了。出了一身汗，好歹找到了，大喜過望，說道：「今天運氣真不錯，平白無故地撿了一條腰帶！」一轉身，不小心，腳踩到了自己剛才拉出來的屎堆上，於是勃然大怒：「這是哪一條混帳狗在這裡拉了一泡屎？」

這本來是一個笑話，在我們現實生活中，未必會有的。但是，人一老，就容易忘事糊塗，卻是經常見到的事。

我認識一位著名的畫家，本來是並不糊塗的。但是，年過八旬以後，卻慢慢地忘事糊塗起來。我們將近半個世紀以前就認識了，頗能談得來，而且平常也還是有些接觸的。然而，最近幾年來，每次見面，他把我的尊姓大名完全忘了。從眼鏡後面流出來的淳樸寬厚目光，落到我的臉上，其中飽含著疑惑的神氣。我連忙說：「我是季羨林，是北京大學的。」

他點頭稱是。但是，過了沒有五分鐘，他又問我：「你是誰呀！」我敬謹回答如上。在每一次會面中，儘管時間不長，這樣尷尬的局面總會出現幾次。我心裡想：老友確是老了！

有一年，我們邂逅在香港。一位有名的企業家設盛筵，宴嘉賓。香港著名的人物參加者為數頗多，比如饒宗頤、邵逸夫、楊振寧等先生都在其中。寬敞典雅、雍容華貴的宴會廳裡，一時珠光寶氣，璀璨生輝，可謂極一時之盛。至於菜餚之精美，服務之周到，自然更不在話下了。

我同這一位畫家老友都是主賓，被安排在主人座旁。但是正當觥籌交錯，逸興遄飛之際，他忽然站了起來，轉身要走，他大概認為宴會已經結束，到了拜拜的時候了。眾人愕然，他夫人深知內情，趕快起身，把他攔住，又拉回到座位上，避免了一場尷尬的局面。

前幾年，中國敦煌吐魯番學會在富麗堂皇的北京圖書館大報告廳裡舉行年會。我這位畫家老友是敦煌學界的元老之一，獲得了普遍的尊敬。按照現行的禮節，必須請他上主席臺並且講話。

但是，這卻帶來了困難。像許多老年人一樣，**他腦袋裡剎車的部件似乎老化失靈。一說話，往往像開汽車一樣，剎不住車**，說個不停，沒完沒了。會議是有時間限制的，聽眾的忍耐也絕非無限。在這危難之際，我同他的夫人商議，由她寫一份簡短的發言稿，往他口袋裡一塞，叮囑他念完就算完事，不悖行禮如儀的常規。

然而他一開口講話，稿子之事早已忘入九霄雲外。看樣子是打算從盤古開天闢地講。照這樣下去，講上幾千年，也講不到今天的會。到了聽眾都變成了化石的時候，他也許才講到春秋戰國！

我心裡急如熱鍋上的螞蟻，忽然想到：按既定方針辦。我請他的夫人上臺，從他的口袋掏出了講稿，耳語了幾句。他恍然大悟，點頭稱是，把講稿念完，回到原來的座位。於是一場驚險才化險為夷，皆大歡喜。

我比這位老友小六、七歲。有人讚我耳聰目明，實際上是耳欠聰，目欠明。如人飲水，冷暖自知，其中滋味，實不足為外人道也。

但是，我腦袋裡的剎車部件，雖然老化，尚可使用。再加上我有點自知之明，我的新座右銘是：「老年之人，剎車失靈，戒之在說。」一向奉行不違，還沒有碰到下不了臺的窘境。在潛意識中頗有點沾沾自喜了。

然而我的記憶機構也逐漸出現了問題。雖然還沒有達到畫家老友那樣「神品」的水準，也已頗有可觀。在這方面，我是獨闢蹊徑，創立了有季羨林特色的「忘」之學派。

我一向對自己的記憶力，特別是形象的記憶，是頗有一點自信的。四、五十年前，甚至六、七十年前的一個眼神，一個手勢，至今記憶猶新，招之即來，顯現在眼前、耳旁，如見其形，如聞其聲，移到紙上，即成文章。

可是，最近幾年以來，古舊的記憶尚能保存。對眼前非常熟的人，見面時往往忘記了他的姓名。在第一瞥中，他的名字似乎就在嘴邊，舌上。然而一轉瞬間，不到十分之一秒，這個呼之欲出的姓名，就驀地隱藏了起來，再也說不出了。說不出，也就算了，這無關宇宙大事，國家大事，甚至個人大事，完全可以置之不理的。而且**腦袋裡像電燈似斷了的保險絲，還會接上的**。些許小事，何必介意？

然而不行，它成了我的一塊心病。我像著了魔似的，走路，看書，吃飯，睡覺，只要思路一轉，立即想起此事。好像是，如果想不出來，自己就無法活下去，地球就停止了轉動。我從字形上追憶，沒有結果；我從發音上追憶，結果杳然。最怕半夜裡醒來，本來睡得香香甜甜，如果沒有干擾，保證一夜幸福。

然而，像電光石火一閃，名字問題又浮現出來。古人常說的平旦之氣，是非常美妙的，然而此時卻美妙不起來了。我輾轉反側，瞪著眼一直瞪到天亮。其苦味實不足為外人道也。但是，不知道是哪一位神靈保佑，腦袋又像電光石火似的忽然一閃，他的姓名一下子出現了。古人形容快樂常說「洞房花燭夜，金榜題名時」，差可同我此時的心情相比。

這樣小小的悲喜劇，一齣剛完，又會來第二齣，有時候對於同一個人的姓名，竟會上演兩齣這樣的戲。而且出現的頻率還是越來越高。自己不得不承認，自己確實是老了。鄭板橋說：「難得糊塗。」對我來說，並不難得，我於無意中得之，豈不快哉！

然而忘事糊塗就一點好處都沒有嗎？

我認為，有的，而且很大。自己年紀越來越老，對於「忘」的評價卻越來越高，高到了宗教信仰和哲學思辨的水準。蘇東坡的詞說：「人有悲歡離合，月有陰晴圓缺，此事古難全。」他是把悲和歡、離和合併提。然而古人說：「不如意事常八九。」這是深有體會之言。悲總是多於歡，離總是多於合，幾乎每個人都是這樣。

如果真有造物主，並且其不賦予人類以「忘」的本領（我寧願稱之為本能），那麼，我們人類在這麼多悲和離的重壓下，能夠活下去嗎？我常常暗自胡思亂想：造物主這玩意兒（用《水滸》的詞兒，應該說是「這話兒」）真是非常有意思。他（她？它？）既嚴肅，又油滑；既慈悲，又殘忍。

老子說：「天地不仁，以萬物為芻狗。」這話真說到了點子上。人生下來，既能得到一點樂趣，又必須忍受大量的痛苦，後者所占的比重要多得多。如果不能「忘」，或者沒有「忘」這個本能，那麼痛苦就會時時刻刻都新鮮生動，時時刻刻像初產生時那樣劇烈殘酷地折磨著你。這是任何人都無法忍受下去的。

然而，**人能「忘」，漸漸地從劇烈到淡漠，再淡漠，再淡漠，終於只剩下一點殘痕**；有人，特別是詩人，甚至愛撫這一點殘痕，寫出了動人心魄的詩篇，這樣的例子，文學史上還少嗎？

因此，我必須給賦予我們人類「忘」之本能的造化小兒大唱讚歌。試問，世界上哪一個聖人、賢人、哲人、詩人、闊人、猛人、這人、那人，能有這樣的本領呢？我還必須為「忘」大唱讚歌。試問：如果人人一點都不忘，我們的世界會成什麼樣子呢？

遺憾的是，我現在儘管在「忘」的方面已經建立了有季羨林特色的學派，可是自謂在這方面仍是鈍根。真要想達到我那位畫家朋友的水準，仍須努力。如果想達到我在上面說的那個笑話中人境界，仍是可望而不可即。但是，我並不氣餒，我並沒有失掉信心，有朝一日，我總會達到的。勉之哉！勉之哉！

一九九三年七月六日

傻瓜

天下有沒有傻瓜？有的，但卻不是被別人稱作「傻瓜」的人，而是認為別人是傻瓜的人，這樣的人自己才是天下最大的傻瓜。

我先把我的結論提到前面明確地擺出來，然後再條分縷析地加以論證。這有點違反胡適之先生的「科學方法」。他認為，這樣做是西方古希臘亞里斯多德首倡的演繹法，是不科學的。科學的作法是他和他老師杜威的歸納法，先不立公理或者結論，而是根據事實，用「小心地求證」的辦法，去搜求證據，然後才提出結論。

我在這裡實際上並沒有違反「歸納法」。我是經過了幾十年的觀察與體會，閱盡了芸芸眾生的種種相，去粗取精，去偽存真以後，才提出了這樣的結論。為了凸現它的重要性，所以提到前面來說。

閒言少敘，書歸正傳。有一些人往往以為自己最聰明，他們爭名於朝，爭利於市，錙銖必較，斤兩必爭。如果用正面手段，表面上的手段達不到目的的話，則也會用些負面的手段，暗藏的手段，來矇騙別人，以達到損人利己的目的。

結果怎樣呢？結果是：有的人真能暫時得逞，「春風得意馬蹄疾，一日看遍長安花」。大大地輝煌了一陣，然後被人識破，由座上客一變而為階下囚。有的人當時就能丟人現眼。

《紅樓夢》中有兩句話說：「機關算盡太聰明，反誤了卿卿性命。」這話真說得又生動，又真實。我絕不是說，世界上人人都是這樣子，但是，從中國到外國，從古代到現代，這樣的例子還算少嗎？

原因何在？原因就在於：這些人都把別人當成了傻瓜。有幾句盡人皆知的俗話：「善有善報，惡有惡報，不是不報，時候未到；時候一到，一切皆報。」這真是見道之言。把別人當傻瓜的人，歸根究柢，會自食其果。

古代的統治者對這個道理似懂非懂。他們高叫：「民可使由之，不可使知之。」

是想把老百姓當傻瓜，但又很不放心，於是派人到民間去采風，采來了不少政治諷刺歌謠。楊震是聰明人，對向他行賄者講出了「四知」。

他知道得很清楚：除了天知、地知、你知、我知之外，不久就會有一個第五知：人知。他是不把別人當作傻瓜的，還是老百姓最聰明。他們中的聰明人說：「若要人不知，除非己莫為。」他們不把別人當傻瓜。

可惜把別人當傻瓜的現象，自古亦然，於今尤烈。救之之道只有一條：不自作聰明，不把別人當傻瓜，從而自己也就不是傻瓜。哪一個時代，哪一個社會，只要能做到這一步，全社會就都是聰明人，沒有傻瓜，全社會也就會安定團結。

一九九七年三月十一日

隔膜

魯迅先生曾寫過關於「隔膜」的文章，有些人是熟悉的。魯迅的「隔膜」，同我們平常使用的這個詞兒，含義不完全一樣。平常所謂「隔膜」是指「情意不相通，彼此不了解」。魯迅的「隔膜」是單方面地以主觀願望或猜度去了解對方，去要求對方。這樣做，鮮有不碰釘子者。這樣的例子，在中國歷史上並不稀見。即使有人想「頌聖」，如果隔膜，也難免撞在龍犄角上，一命嗚呼。

最近讀到韓昇先生的文章〈隋文帝抗擊突厥的內政因素〉(《歐亞學刊》第二期)，其中有幾句話：

對此，從種族性格上斥責突厥「反覆無常」，其出發點是中國理想主義感情性的

「義」觀念。國內倫理觀念與國際社會現實的矛盾衝突，在中國對外交往中反覆出現，深值反思。

這實在是見道之言，值得我們深思。我認為，這也是一種「隔膜」。記得當年在大學讀書時，適值「九一八」事件發生，日軍入寇東北。當時中國軍隊實行不抵抗主義，南京政府同時又派大員赴日內瓦國聯（相當於今天的聯合國）控訴，要求國聯伸張正義。當時我還屬於隔膜黨，義憤填膺，等待著國際伸出正義之手。結果當然是落了空。我頗恨恨不已了一陣子。

在這裡，關鍵是什麼叫「義」？又什麼叫「正義」？韓文公曾說：「行而宜之之謂義。」可是「宜之」的標準是因個人而異的，因民族而異的，因國家而異的，因立場不同而異的。不懂這個道理，就是「隔膜」。

懂這個道理，也並不容易。

我在德國住了十年，沒有看到過有人在大街上吵架，也很少看到小孩子打架。有一天，我看到了就在我窗外馬路對面的人行道上，兩個男孩在打架，一個大的約十三、四歲，一個小的只有約七、八歲，個子相差一截，力量懸殊明顯。不知為什麼，兩個人竟幹起架來。

不到一個回合，小的被打倒在地，哭了幾聲，立即又爬起來繼續交手，當然又被打倒在地。如此被打倒了幾次，小孩邊哭邊打，並不服輸，日爾曼民族的特性，昭然可見。此時周圍已經聚攏了一些圍觀者。我總期望，有一個人會像國人一樣主持正義，說一句：「你這麼大了，怎麼能欺負小的呢！」但是沒有。最後還是對門住的一位老太太從窗子裡對準兩個小孩潑出了一盆冷水，兩個小孩各自哈哈大笑，戰鬥才告結束。

這件小事給了我一個重要的教訓，我從此脫離了隔膜黨。今天，我們的國家和人民都變得更加聰明了，與隔膜的距離越來越遠了。我們努力建設自己的國家，使人民的生活水準越來越提高。對外我們絕不侵略別的國家，但也絕不允許別的國家侵略我們。我們也講主持正義；但是，這個正義與隔膜是不搭界的。

二〇〇一年二月二十七日

壞人

積累將近九十年的經驗，我深知世界上確實是有壞人的。乍看上去，這個看法的智商只能達到小學一年級的水準。這就等於說「每個人都必須吃飯」那樣既真實又平庸。可是事實上我頓悟到這個真理，是經過了長時間的觀察與思考的。我從來就不是性善說的信徒，毋寧說我是傾向性惡說的。古書上說「天命之謂性」，「性」就是現在常說的「本能」，而一切生物的本能是力求生存和發展，這難免引起生物之間的矛盾，性善又何從談起呢？

那麼，什麼又叫作「壞人」呢？記得魯迅曾說過，幹損人利己的事還可以理解，損人又不利己的事千萬幹不得。我現在就利用魯迅的話來界定壞人：幹損人利己的事是壞人，而幹損人又不利己的事，則是壞人之尤者。

空口無憑，不妨略舉兩例。一個人搬到新房子裡，照例大事裝修，而裝修的方式又極野蠻，結果把水管鑿破，水往外流。住在樓下的人當然首蒙其害，水滴不止，連半壁牆都浸透了。然而此人卻不聞不問，大樓派人來修，又拒絕入門。倘若牆壁倒塌，樓下的人當然會受害，他自己焉能安全！這是典型的損人又不利己的例子。

又有一位「學者」，對某一種語言連字母都不認識，卻偏冒充專家，不但在國內蒙混過關，在國外也招搖撞騙。有識之士皆嗤之以鼻。這又是一個典型的損人而不利己的例子。

根據我的觀察，**壞人，同一切有毒的動植物一樣，是並不知道自己是壞人，是毒物的**。魯迅翻譯的《小約翰》裡，講到一朵有毒的蘑菇聽人說它有毒，它說，這是人話。毒蘑菇和一切蒼蠅、蚊子、臭蟲等，都不認為自己有毒。說它們有毒，它們大概也會認為這是人話。可是被群眾公推為壞人的人，他們難道能說：說他們是壞人的都是人話嗎？如果這是「人話」的話，那麼他們自己又是什麼呢？

根據我的觀察，我還發現，壞人是不會改好的。這有點像形而上學了。但是，我卻沒有辦法。天下哪裡會有不變的事物呢？哪裡會有不變的人呢？我觀察的幾個「壞人」偏偏不變。幾十年前是這樣，今天還是這樣。我想替他們辯護都找不出詞兒來。

有時候，我簡直懷疑，天地間是否有一種叫作「壞人基因」的東西？可惜沒有一個生物學家或生理學家提出過這種理論。我自己既非生物學家，又非生理學家，只能憑空臆斷。但願有一個壞人改變一下，改惡從善，堵住了我的嘴。

一九九九年七月二十四日

送禮

中國究竟是禮儀之邦，所以每逢過年過節，或有什麼紅白喜事，大家就忙著送禮。既然說是「禮」，當然是向對方表示敬意的。譬如說，一位朋友從杭州回來，送給另外一位朋友一隻火腿，二斤龍井，知己的還要親自送了去，免得受禮者還要賞錢，你能說這不是表示親熱麼？又如一個朋友要結婚，但沒有錢，於是大家湊個份子送了去，誰又能說這是壞事呢？

事情當然是好事情，而且想起來極合乎人情，一點也不複雜；然而實際上卻複雜艱深到萬分，幾乎可以獨立成一門學問：送禮學。

第一，你先要知道送應節的東西。譬如你過年的時候，提了幾瓶子汽水，一床涼席去送人，這不是故意開玩笑嗎？還有五月節送月餅，八月節送粽子，最少也讓人覺得你是外行。第二，你還要是一個好的心理學家，能觀察出對方的心情和愛好來。

對方倘若喜歡吸菸，你不妨提了幾聽三炮臺（當時著名香菸品牌）恭恭敬敬送了去，一定可以得到青睞。對方要是喜歡杯中物，你還要知道他是維新派或保守派。前者當然要送法國的白蘭地，後者本地產的白乾或五加皮（傳統藥酒）也就行了。倘若對方的思想「前進」，你最好訂一份《文匯報》送了去，一定不會退回的。

但這還不夠，買好了應時應節的東西，對方的愛好也揣摩成熟了，又來了怎樣送的問題。除了很知己的以外，多半不是自己去送，這與面子有關係；於是就要派聽差，而這個聽差又必須是個好的外交家，機警、堅忍、善於說話，還要一副厚臉皮；這樣才能不辱使命。

拿了東西去送禮，論理說該到處受歡迎，但實際上卻不然。受禮者多半喜歡節外生枝。東西雖然極合心意，卻偏不立刻收下。據說這也與面子有關係。聽差把禮物送進去，要沉住氣在外面等。一會兒，對方的聽差出來了，把送去的禮物又提出來，說：「我們老爺太太謝謝某老爺太太，盛意我們領了，禮物不敢當。」倘若這聽差真信了這話，提了東西就回家來，這一定糟，說不定就打破飯碗。

但外交家的聽差卻絕不這樣做。他仍然站著不走，請求對方的聽差再把禮物提進去。這樣往來鬥爭許久，對方或全收下，或只收下一半，只要與臨來時老爺太太的密令不衝突，就可以安然接了賞錢回來了。

上面說的可以說是常態的送禮，可惜（或者也並不可惜）還有變態的。小時候，附近街上住著一個窮人，大家都喊他「地方」，有學問的人說，這就等於漢朝的亭長。

每逢過年過節的早上，大門剛一開，就會看到他笑嘻嘻地一手提了一隻雞，一手提了兩瓶酒，跨進大門來。雞咯咯地大吵大嚷，酒瓶上的紅籤紅得炫人眼睛。他嘴裡卻喊著：「給老爺太太送禮來了。」於是我嬸母就立刻拿出幾毛錢來交給老媽子送出去。這「地方」接了錢，並不像一般送禮的一樣，還要努力鬥爭，卻仍舊提了雞和瓶子笑嘻嘻地走到另一家去喊去了。這景象我一年至少見三次，後來也就不以為奇了。

但有一年的某一個節日的清晨，卻見這位「地方」愁容滿面地跨進我家大門，嘴裡不喊「給老爺太太送禮來了」，卻拉了我們的老媽子交頭接耳說了一大篇，後來終於放聲大罵起來。老媽子進去告訴了我嬸母，仍然是拿了幾毛錢送出來。這「地方」道了聲謝，出了大門，老遠還聽到他的罵聲。

後來老媽子告訴我，他的雞是自己養了預備下蛋的，每逢過年過節，就暫且委屈牠一下，被縛了雙足倒提著陪他出來逛大街。玻璃瓶子裡裝的只是水，外面紅籤是向鋪子裡借用的。「地方」送禮，在我們那裡誰都知道他的用意，所以從來沒有收的。他跑過一天，衣袋塞滿了鈔票才回來，把瓶子裡的水倒出來，把雞放開。牠在一整天「陪綁」之餘，還忘不了替他下一個蛋。

但今年這「地方」倒運。向第一家送禮，就遇到一家才搬來的外省人。他們竟老實不客氣地把禮物收下了。這怎能不讓這「地方」憤憤呢？他並不是怕瓶子裡的涼水洩漏真相，最心痛的還是那隻雞。

另外一種送禮法也很新奇，雖然是「古已有之」的。我們常在筆記小說裡看到，某一個督撫把金子裝到罈子裡，當醬菜送給京裡的某一位王公大人。這是古時候的事，但現在也還沒有絕跡。

我的一位親戚在縣衙門裡做事，因了同縣太爺是朋友，所以地位很重要。在晚上回屋睡覺的時候，常常在棉被下發現一堆銀元或別的值錢東西。有時候不知道，把這堆銀元抖到地上，嘩啦一聲，讓他吃一驚。這都是送來的「禮」。

這樣的「禮」當然不是每個人都有資格接受的。他一定是個什麼官，最少也要是官的下屬，能讓人生，也能讓人死，所以才有人送這許多金子銀元來。官都講究面子，雖然要錢，卻不能乾脆當面給他。於是就想出了這種種的妙法。

上面已經提到送禮是一門學問，送禮給官長更是這門學問裡面最深奧的，需要經過長期的研究簡練揣摩，再加上實習，方能得到其中奧祕。能把錢送到官長手中，又不傷官長面子，能做到這一步，才算是得其門而入了。

也有很少的例外，官長開口向下面要一件東西，居然竟得不到。以前某一個小官藏有一顆古印，他的官長很喜歡，想拿走。他跪在地上叩頭說：「除了我的太太和這塊古印以外，我沒有一件東西不能與大人共用的。」官長也只好一笑置之了。

普通人家送禮沒有這樣有聲有色，但在平庸中有時候也有傑作。有一次，我們家把一盒有特別標誌的點心當禮物送出去。隔了一年，一個相熟的胖太太到我們家來拜訪，又恭而敬之把這盒點心提給我們，嘴裡還告訴我們：「這都是小意思，但點心是新買的，可以嘗嘗。」

我們當時都忍不住想笑，好歹等這位胖太太走了，我們就動手去打開。盒蓋一開，立刻有一股奇怪的臭味從裡面透出來。再把紙揭開，點心的形狀還是原來的，但上面滿是小飛蛾，一塊也不能吃了，只好擲掉。

在這一年內，這盒點心不知代表了多少人的盛意，被恭恭敬敬地提著或托著從一家到一家，上面的簽和鋪名不知換過了多少次，終於又被恭而敬之地提回我們家來。「解鈴還是繫鈴人」，我們還要把它丟掉。

我雖然不怎樣贊成這樣送禮，但我覺得這辦法還算不壞。因為只要有一家出了錢買了盒點心，就會在親戚朋友中周轉不息，一手收進來，再一手送出去，意思表示了，又不用花錢。

不過這樣還是麻煩，還不如仿效前清御膳房的辦法，用木頭刻成雞魚肉肘，放在托盤裡，送來送去，你仍然不妨說：「這魚肉都是新鮮的。一點小意思，千萬請賞臉。」反正都是「彼此彼此，諸位心照不宣」。絕對不會有人來用手敲一敲這木頭魚肉的。

這樣一來，目的達到了，禮物卻不霉壞，豈不是一舉兩得？

在我們這喜歡把最不重要的事情複雜化了的禮儀之邦，我這發明一定有許多人歡迎，我預備立刻去註冊專利。

一九四七年七月

論怪論

「怪論」這個名詞，人所共知。其所以稱之為怪者，一般人都不這樣說，而你偏偏這樣說，遂成異議可怪之論了。

我卻要提倡怪論。但我也並不永遠提倡怪論。

歷史的經驗告訴我們，一個國家、一個民族，需要不需要怪論，是完全由當時歷史環境所決定的。

如果強敵壓境，外寇入侵，這時只能全民一個聲音說話，說的必是驅逐外寇，還我山河之類的話，任何別的聲音都是不允許的。尤其是漢奸的聲音更不能允許。

國家到了承平時期，政通人和，國泰民安，這時候倒是需要一些怪論。如果仍然禁止人們發出怪論，則所謂一個聲音者往往是統治者製造出來的，是虛假的。「二戰」期間德國和義大利的法西斯，是最好的證明。

從世界歷史上來看，中國的春秋戰國時代，怪論最多。有的甚至針鋒相對，比如孟子講性善，荀子講性惡，是同一個大學派中的內部矛盾。就是這些異彩紛呈的怪論各自沿著自己的路數，一代一代地發展下去，成為中華民族文化的淵源和基礎。

與此時差不多的是西方的希臘古代文明。在這裡也是怪論紛呈，發展下來，成為西方文明的淵源和基礎。當時東西文明兩大瑰寶，東西相對，交相輝映，共同照亮了人類文明發展的前途。這個現象怎樣解釋，多少年來，東西學者異說層出，各有獨到的見解。我於此道只是略知一二。在這裡就不談了。

怪論有什麼用處呢？

某一個怪論至少能夠提供你一個看問題的視角。任何問題都會是極其複雜的，必須從各個視角對它加以研究，加以分析，然後才能求得解決的辦法。如果事前不加以足夠的調查研究而突然做出決定，其後果實在令人擔憂。我們眼前就有這種例子，我在這裡不提它了。

現在，我們國勢日隆，滿懷信心向世界大國邁進。在好多年以前，我曾預言，二十一世紀將是我們的世紀。當時我們的國力並不強。我是根據近幾百年來歐美依次顯示自己的政治經濟力量、科技發展的力量和文化教育的力量而得出的結論。現在輪到中國來顯示力量了。

我預言，五十年後，必有更多的事實證實我的看法，謂予不信，請拭目以待。

我希望，社會上能多出些怪論。

二〇〇三年六月二十五日

做人與處世

一個人活在世界上，必須處理好三個關係：第一，人與大自然的關係；第二，人與人的關係，包括家庭關係在內；第三，個人心中思想與感情矛盾與平衡的關係。這三個關係，如果能處理得好，生活就能愉快；否則，生活就有苦惱。

人本來也是屬於大自然範疇的。但是，人自從變成了「萬物之靈」以後，就同大自然鬧起獨立來，有時竟成了大自然的對立面。人類的衣食住行、所有的資源都取自大自然，我們向大自然索取是不可避免的。關鍵是，怎樣去索取？索取手段不出兩途：一用和平手段，一用強制手段。

我個人認為，東西文化之分野，就在這裡。

西方對待大自然的基本態度或指導思想是「征服自然」，用一句現成的套話來說，就是用處理敵我矛盾的方法來處理人與大自然的關係。結果呢，從表面上看上去，西方人是勝利了，大自然真的被他們征服了。自從西方工業革命以後，西方人屢創奇蹟。樓上樓下，電燈電話。大至太空船，小至原子，無一不出自西方「征服者」之手。

然而，大自然的容忍是有限度的，它是能報復、能懲罰的。報復或懲罰的結果，人皆見之，比如環境汙染，生態失衡，臭氧層破洞，物種滅絕，人口爆炸，淡水資源匱乏，新疾病產生，如此等等，不一而足。

這些弊端中哪一項不解決，都能影響到人類生存的前途。我並非危言聳聽，現在全世界的人民和政府都高呼環保，並採取措施。古人有云：「失之東隅，收之桑榆。」猶未為晚。

中國或者東方，對待大自然的態度或哲學上基礎是「天人合一」。宋人張載說得最簡明扼要：「民吾同胞，物吾與也。」

「與」的意思是夥伴。我們雖把大自然看作夥伴，可惜行為沒能跟上。在某種程度上，也採取了「征服自然」的辦法，結果也受到了大自然的報復，前不久南北的大洪水不是很能發人深省嗎？

至於人與人的關係，我的想法是：對待一切善良的人，不管是家屬，還是朋友，都應該有一個兩字箴言：一曰真，二曰忍。

「真」者，以真情實意相待，不允許弄虛作假。對待壞人，則另當別論。「忍」者，相互容忍也。日子久了，難免有點磕磕碰碰。在這時候，頭腦清醒的一方應該能夠容忍。如果雙方都不冷靜，必致因小失大，後果不堪設想。唐朝張公藝的「百忍」是歷史上有名的例子。

至於個人心中思想感情的矛盾，則多半起於私心雜念。解之之方，唯有消滅私心，學習諸葛亮的「淡泊以明志，寧靜以致遠」，庶幾近之。

一九九八年十一月十七日

我的座右銘

多少年以來，我的座右銘一直是：

縱浪大化中，不喜亦不懼。
應盡便須盡，無復獨多慮。

老老實實的、樸樸素素的四句陶詩，幾乎用不著任何解釋。

我是怎樣實行這個座右銘的呢？無非是順其自然、隨遇而安而已，沒有什麼奇招。

「應盡便須盡，無復獨多慮。」意即到了應該死的時候，你就去死，用不著左思右想，這句話應該是關鍵性的。

但是在我幾十年的風華正茂期間內，「盡」什麼的是很難想到的。在這期間，我當然既走過陽關大道，也走過獨木小橋。即使在走獨木橋時，好像路上鋪的全是玫瑰花，沒有荊棘。這與「盡」的距離太遠太遠了。到了現在，自己已經九十多歲了。離人生的盡頭，不會太遠了。我在這時候，根據座右銘的精神，處之泰然，隨遇而安。我認為，這是唯一正確的態度。

我不是醫生，我想貿然提出一個想法。所謂老年憂鬱症恐怕十有八九同我上面提出的看法有關。

怎樣治療這種病症呢？我本來想用「無可奉告」來答覆。但是，這未免太簡慢，於是改寫一首打油詩，題曰〈無題〉：

人生在世一百年，天天有些小麻煩。
最好辦法是不理，只等秋風過耳邊。

一九九七年

柒

生如夏花，死如秋葉

我自認已經參透了生死奧祕，渡過了生死大關，但今天竟然被上顎上兩個微不足道的小水泡嚇破了膽，使自己的真相完全暴露於光天化日之下。我雖然已經九十五歲，但自覺現在討論走的問題，為時尚早。再過十年，庶幾近之。

死的浮想

但是，我心中並沒有真正達到自己認為的那樣平靜，對生死還沒能真正置之度外。

就在住進病房的第四天夜裡，我已經上床躺下，在尚未入睡之前，我偶爾用舌尖舔了舔上顎，驀地舔到了兩個小水泡。這本來是可能已經存在的東西，只是沒有舔到過而已。今天一旦舔到，忽然聯想起鄒銘西大夫和李恆進大夫對我的要求，舌頭彷彿被火球燙了一下，立即緊張起來。難道水泡已經長到咽喉裡面來了嗎？

我此時此刻迷迷糊糊，思維中理智的成分已經所餘無幾，剩下的是一些接近病態的本能之物。一個很大的「死」字突然出現在眼前，在我頭頂上飛舞盤旋。

在燕園裡，最近十幾年來，我常常看到某一個老教授的門口開來救護車，老教授登車時心中做何感想，我不知道，但是，在我心中，我想到的卻是「風蕭蕭兮易水寒，壯十一去兮不復還」！

事實上，復還的人確實少到幾乎沒有。我今天難道也將變成荊軻了嗎？我還能不能再見到我離家時正在「十里飄香，綠蓋擎天」的季荷呢！我還能不能再看到那一個對我依依不捨的白色波斯貓呢？

其實，我並不是怕死。我一向認為，我是一個幾乎死過一次的人。「十年浩劫」中，我曾下定決心「自絕於人民」。

我在上衣口袋裡，在褲子口袋裡裝滿了安眠藥片和安眠藥水。在這千鈞一髮之際，押解我去接受批鬥的牢頭禁子，猛烈地踢開了我的房門，從而阻止了我到閻王爺那裡去報到的可能。

一個人臨死前的心情，我完全有感性認識。我當時心情異常平靜，平靜到一直到今天我都難以理解的程度。老祖和德華（季羨林之妻）誰也沒有發現，我的神情有什麼變化。我對自己這種表現感到十分滿意，我自認已經參透了生死奧祕，渡過了生死大關，而沾沾自喜，認為自己已經修養得差不多了，已經大大地有異於常人了。

然而黃銅當不了真金，假的就是假的，到了今天，三十多年已經過去了，自己竟然被上顎上兩個微不足道的小水泡嚇破了膽，使自己的真相完全暴露於光天化日之下，這完全出乎我的意料。

我自己辯解說，那天晚上的行動，只不過是一陣不正常的歇斯底里爆發。但是，正常的東西往往寓於不正常之中。我雖已經癡長九十二歲，對人生的參透還有極長的距離。今後仍須加緊努力。

笑著走

走者，離開這個世界之謂也。趙樸初老先生，在他生前曾對我說過一些預言式的話。比如，一九八六年，樸老和我奉命陪班禪大師乘空軍專機赴尼泊爾公幹。專機機場在大機場後面，當我同李玉潔女士走進專機候機大廳時，樸老對他的夫人說：「這兩個人是一股氣。」

後來又聽說，樸老說，別人都是哭著走，獨獨季羨林是笑著走。這一句話給我留下了很深的印象。我認為，他是十分了解我的。

現在就來分析一下我對這一句話的看法。應該分兩個層次來分析：邏輯分析和思想感情分析。

先談邏輯分析。

江淹的《恨賦》最後兩句是：「自古皆有死，莫不飲恨而吞聲。」第一句話是說，死是不可避免的。對待不可避免的事情，最聰明的辦法是，以不可避視之，然後隨遇而安，甚至逆來順受，使不可避免的危害性降至最低點。如果對生死之類的不可避免性進行挑戰，則必然遇大災難。

「服食求神仙，多為藥所誤。」秦皇、漢武、唐宗等是典型的例子。既然非走不行，哭又有什麼意義呢？反不如笑著走更使自己瀟脫、滿意、愉快。這個道理並不深奧，一說就明白的。

我想把江淹的文章改一下：既然自古皆有死，何必飲恨而吞聲呢？

總之，從邏輯上來分析，達到了上面的認識，我能笑著走，是不成問題的。

但是，人不僅有邏輯，他還有思想感情。邏輯上能想得通的，思想感情未必能接受。而且思想感情的特點是變動不居。一時衝動，往往是靠不住的。因此，想在思想感情上承認自己能笑著走，必須有長期的磨鍊。

在這裡，我想，我必須講幾句關於樸老的話。不是介紹樸老這個人。「天下誰人不識君」，樸老是用不著介紹的。

我想講的是樸老的「特異功能」。很多人都知道，樸老一生吃素，不近女色，他有特異功能，是理所當然的。他是虔誠的佛教徒，一生不妄言。他說我會笑著走，我是深信不疑的。我雖然已經九十五歲，但自覺現在討論走的問題，仍為時尚早。再過十年，庶幾近之。

二〇〇六年三月十九日

長生不老

長生不老在中國歷史上，頗有一些人追求這個境界。那些煉丹服食的老道們，不就是想「丹成入九天」嗎？結果卻「服食求神仙，多為藥所誤」，最終還是翹了辮子。最積極的應該數那些皇帝老爺子。他們騎在人民頭上，作威作福，後宮裡還有佳麗三千，他們能捨得離開這個世界嗎？於是千方百計，尋求不老之術。最著名的有秦皇、漢武、唐宗、宋祖——這後一位情況不明，為了湊韻，把他拉上了，最後都還是宮車晚出，龍馭上賓了。

我常想，現代人大概不會再相信長生不老了。然而，前幾天閱報說，有的科學家正在致力於長生不老的研究。我心中立刻一閃念：假如我晚生八十年，現在年齡九歲，說不定還能趕上科學家們研究成功，我能分享一份。但我立刻又一閃念，覺得自己十分可笑。自己不是標榜豁達嗎？

「應盡便須盡，無復獨多慮。」原來那是自欺欺人。老百姓說：「好死不如賴活著。」我自己也屬於「賴」字派。

我有時候認為，造化小兒創造出人類來，實在是多此一舉。如果沒有人類，世界要比現在安靜祥和得多了。可造化小兒也立了一功：他不讓人長生不老。否則，如果人人都長生不老，我們今天會同孔老夫子坐在一條板凳上，在長安大戲院裡欣賞全本的《四郎探母》，那是多麼可笑而不可思議的情景啊！我繼而又一想，如果五千年來人人都不死，小小的地球上早就承擔不了了。所以我們又應該感謝造化小兒。

在對待生命問題上，中國人與印度人迴乎不同。中國人希望轉生，連唐明皇和楊貴妃不也是希望「生生世世為夫妻」嗎？印度人則在篤信輪迴轉生之餘，努力尋求跳出輪迴的辦法。

以佛教而論，小乘終身苦修，目的是想達到涅槃。大乘頓悟成佛，目的也無非是想達到涅槃。涅槃者，圓融清靜之謂，這個字的原意就是「終止」，終止者，跳出輪迴不再轉生也。中印兩國人民的心態，在對待生死大事方面，是完全不同的。

據我個人的看法，人一死就是涅槃，不用你苦苦去追求。那種追求是「可憐無補費工夫」。在億萬年地球存在的期間，一個人只能有一次生命，這一次生命是萬分難得的。我們每一個人都必須認識到這一點，切不可掉以輕心。

儘管人的壽夭不同，但這是人們自己無能為力的。不管壽長壽短，都要盡力實現這僅有的一次生命的價值。多體會民胞物與的意義，使人類和動植物都能在僅有的一生中過得愉快、過得幸福、過得美滿、過得祥和。

二〇〇〇年十月柒日凌晨一揮而就

一九八七年元旦試筆

從孩提到青年，年年盼望著過年。中年以後，年年害怕過年。而今已進入老境，既不盼望，也不害怕，覺得過年也平淡得很，我的心情也平淡得如古井寂波。

但是，夜半枕上，聽到外面什麼地方的爆竹聲，心裡不禁一震：又過年了。彷彿在古井中投下了一塊小石頭。今天早晨起來，心中頓有年意，我要提筆寫元旦試筆了。

時間本來是無始無終的，又沒有任何痕跡。人類偏偏把三百六十多天定為一年，硬在時間上刻上痕跡。這在天文學上不能說沒有根據，對人類生活分上個春夏秋冬，也不無意義。你可切莫小看這個痕跡，它實際上支配著我們的生命。人的一生要計算個年齡，皇帝老子要定個年號。和尚有僧臘，今天有工齡、教齡和黨齡。工齡碰巧多上幾天，薪資就能向上調一級。什麼地方你也逃不掉這一個人為的痕跡。

我也並沒有處心積慮來逃掉。我只覺得，這有點自找麻煩。如果像原始人那樣渾渾噩噩，不識不知，大概可以免掉不少麻煩：至少不會像後代文明人那樣傷春悲秋，自傷老大。一切順乎自然，心情要平靜得多了。

我現在心情也平靜得很，是在激烈活動後的平靜。當人們意識到自己老大時，大概有兩種反應：一是自傷自悲，一是認為這是自然規律，而處之泰然。我屬於後者。

去年一年，有幾位算是老師一輩的學者離開人間，對心情不能說沒有影響，我非常悲傷。但是，在內心深處，我認為這是自然規律，是極其平常的事情，短暫悲傷之後，立即恢復了平靜，仍然興致勃勃地活了下來。

活下來，就有希望。我希望在新的一年內，天下太平，人民康樂，我那些老師一輩的人不再匆匆離開人間，我自己也健康愉快，多做點對大眾有益的工作。

一九八七年元旦之晨

新年抒懷

除夕之夜，半夜醒來，一看表，是一點半鐘，心裡輕輕地一顫：又過去一年了。

小的時候，總希望時光快快流逝，盼過節，盼過年，盼迅速長大成人。然而，時光卻偏偏好像停滯不前，小小的心靈裡溢滿了憤憤不平之氣。

但是，一過中年，人生之車好像是從高坡上滑下，時光流逝得像電光一般。它不饒人，不了解人的心情，愣是狂奔不已。一轉眼間，「兩岸猿聲啼不住，輕舟已過萬重山」，滑過了花甲，滑過了古稀，少數幸運者或者什麼者，滑到了耄耋之年。人到了這個境界，對時光的流逝更加敏感。年輕的時候考慮問題是以年計，以月計。到了此時，是以日計，以小時計了。

我是一個幸運者或者什麼者，眼前正處在耄耋之年。我的心情不同於青年，也不同於中年，紛紜萬端，絕不是三兩句就能說清楚的。我自己也理不出一個頭緒來。

過去的一年，可以說是我一生最輝煌的年分之一。求全之毀根本沒有，不虞之譽卻多得不得了，壓到我身上，使我無法消化，使我感到沉重。有一些稱號，初戴到頭上時，自己都感到吃驚，感到很不習慣。

就在除夕的前一天，也就是前天，在一九四九年後第一次全國性國家圖書獎會議上，在改革開放以來十幾年的包括文、理、法、農、工、醫以及軍事等方面的九萬多種圖書中，在中宣部和財政部的關懷和新聞出版署直接領導下，經過全國七十多位專家認真細緻地評審，共評出國家圖書獎四十五種。只要看一看這個比例數字，就能夠了解獲獎之困難。

我自始至終參加了評選工作。至於自己同獲獎有份，一開始時，我連做夢都沒有夢到。然而結果我卻有兩部書獲獎。在小組會上，我曾要求撤出我那一本書，評委不同意。我只能以不投自己的票來處理此事。

對這個結果，要說自己不高興，那是矯情，那是虛偽，為我所不取。我更多地感覺到的是惶恐不安，感覺到慚愧。

許多非常有價值的圖書，由於種種原因，沒有評選上，自己卻一再濫竽。這也算是一種機遇，也是一種幸運吧。我在這裡還要補上一句：在舊年的最後一天的《光明日報》上，我讀到老友鄧廣銘教授對我的評價，我也是既感且愧。

我過去曾多次說到，自己向無大志，我的志是一步步提高的，有如水漲船高。自己絕非什麼天才，我自己評估是一個中人之才。如果自己身上還有什麼可取之處的話，那就是，自己是勤奮的，這一點差堪自慰。我是一個富於感情的人，是一個自知之明超過需要的人，是一個思維不懶惰、腦筋永遠不停地轉動的人。

我得利之處，恐怕也在這裡。過去一年中，在我走的道路上，撒滿了玫瑰花；到處是笑臉，到處是讚譽。我成為一個「很可接觸者」。要了解我過去一年的心情，必須把我的處境同我的性格，同我內心的感情聯繫在一起。

現在寫〈新年抒懷〉，我的「懷」，也就是我的心情，在過去一年我的心情是什麼樣子的呢？

首先是，我並沒有被鮮花和讚譽沖昏了頭腦，我的頭腦是頗為清醒的。一位年輕的朋友說我似乎忘記了自己的年齡。這只是一個表面現象。儘管從表面上來看，我似乎是朝氣蓬勃，在學術上野心勃勃，所攬的工作遠遠超過一個耄耋老人所能承擔的，我每天的工作量在同輩人中恐怕也居上乘。但是我沒有忘乎所以，也並沒有忘記自己的年齡。

在朋友歡笑之中，在家庭聚樂之中，在燈紅酒綠之時，在獎譽紛至遝來之時，我滿面含笑，心曠神怡，卻驀地會在心靈中一閃念：「這一齣戲快結束了！」我像撞客的人一樣，這一閃念緊緊跟隨著我，我擺脫不掉。

是我怕死嗎？不，不，絕不是的。我曾多次講過：我的性命本應該在十年浩劫中結束的。在比一根頭髮絲還細的偶然性中，我僥倖活了下來。從那以後，我所有的壽命都是白撿來的；多活一天，也算是「賺了」。而且對於死，我近來也已形成了一套完整的看法：「應盡便須盡，無復獨多慮。」死是自然規律，誰也違抗不得。用不著自己操心，操心也無用。

那麼我那種快煞戲的想法是怎樣來的呢？記得在大學讀書時，讀過俞平伯先生的一篇散文〈重過西園碼頭〉，時隔六十餘年，至今記憶猶新。其中有一句話：「從現在起我們要仔仔細細地過日子了。」這就說明，過去日子過得不仔細，甚至太馬虎。俞平伯先生這樣，別的人也是這樣，我當然也不例外。日子當前，總過得馬虎。時間一過，回憶又復甜蜜。

清詞中有一句話：「當時只道是尋常。」真是千古名句，道出了人們的這種心情。我希望，現在能夠把當前的日子過得仔細一點，認為不尋常一點。特別是在走上了人生最後一段路程時，更應該這樣。因此，我那快煞戲的感覺，完全是積極的，沒有消極的東西，更與怕死沒有牽連。

在這樣的心情的指導下，我想得很多很多，我想到了很多的人。首先是想到了老朋友。清華時代的老朋友胡喬木，最近幾年曾幾次對我說，他想要看一看年輕時候的老朋友。他說：「見一面少一面了！」初聽時，我還覺得他過於感傷，後來逐漸品味出他這一句話的分量。可惜他前年就離開了我們，走了。

去年我用實際行動回應了他的話，我邀請了六、七位有五、六十年友誼的老友聚了一次。大家都白髮蒼蒼了，但都興會淋漓。我認為自己幹了一件好事。我哪裡會想到，參加聚會的吳組緗現已病臥醫院中。我聽了心中一陣顫動。今年元旦，我潛心默禱，祝他早日康復，參加我今年準備的聚會。沒有參加聚會的老友還有幾位。我都一一想到了，我在這裡也為他們的健康長壽禱祝。

我想到的不只有老年朋友，年輕的朋友，包括我的第一代、第二代、第三代的學生，無論是在國內，還是在國外，我也都一一想到了。我最近頗接觸了一些青年學生，我認為他們是我的小友。不知道為什麼我對這一群小友的感情越來越深，幾乎可以同我的年齡成正比。他們朝氣蓬勃，前程似錦。我發現他們是動腦筋的一代，他們思考著許許多多的問題。淳樸、直爽，處處感動著我。

俗話說：「長江後浪推前浪，世上新人換舊人。」我們的希望和前途就寄託在他們身上，全人類的希望和前途也寄託在他們身上。對待這一批青年，唯一正確的作法是理解和愛護，誘導與教育，同時還要向他們學習。這是就公而言。

在私的方面，我同這些生龍活虎般的青年們在一起，他們身上那一股朝氣，充盈洋溢，彷彿能沖刷掉我身上這一股暮氣，我頓時覺得自己年輕了若干年。同青年們接觸真能延長我的壽命。古詩說：「服食求神仙，多為藥所誤。」我一不服食，二不求神。青年學生就是我的藥石，就是我的神仙。我企圖延長壽命，並不是為了想多吃人間幾千頓飯。我現在吃的飯並不特別好吃，多吃若干頓飯是毫無意義的。

我現在計畫要做的學術工作還很多，好像一個人在日落西山時分，前面還有頗長的路要走。我現在只希望多活幾年，再多走幾程路，在學術上再多做點工作，如此而已。

在家庭中，我這種**快煞戲**的感覺更加濃烈。原因也很簡單，必然是因為我認為這一齣戲很有看頭，才不希望它立刻就煞住，因而才有這種濃烈的感覺。如果我認為這一齣戲不值一看，它煞不煞與己無干，淡然處之，這種感覺從何而來？

過去幾年，我們家屢遭大故。老祖離開我們，走了。女兒也先我而去。這在我的感情上留下了永遠無法彌補的傷痕。儘管如此，我仍然有一個溫馨的家。我的老伴、兒子和外孫媳婦仍然在我的周圍。我們和睦相處，相親相敬。每一個人都是一個最可愛的人。除了人以外，家庭成員還有兩隻波斯貓，一隻頑皮，一隻溫順，也都是最可愛的貓。家庭的空氣怡然、盎然。

可是，前不久，老伴突患腦溢血，住進醫院。在她沒病的時候，她已經不良於行，整天坐在床上。我們平常沒有多少話好說。可是我每天從大圖書館走回家來，好像總嫌路長，希望早一點到家。到了家裡，在破籐椅上一坐，兩隻波斯貓立即跳到我的懷裡，讓我摟牠們睡覺。我也瞇上眼睛，小憩一會兒。**睜眼就看到從窗外流進來的陽光，在地毯上流成一條光帶，慢慢地移動，在百靜中，萬念俱息，怡然自得**。此樂實不足為外人道也。

然而老伴卻突然病倒了。在那些嚴重的日子裡，我在從大圖書館走回家來，我在下意識中，總嫌路太短，我希望它長，更長，讓我永遠走不到家。家裡缺少一個雖然坐在床上不說話卻散發著光與熱的人。我感到冷清，我感到寂寞，我不想進這個家門。

在這樣的情況下，我心裡就更加頻繁地出現那一句話：「這一齣戲快煞戲了！」但是，就目前的情況來看，老伴雖然仍然住在醫院裡，病情已經有了好轉。我在盼望著，她能很快回到家來，家裡再有一個雖然不說話但卻能發光發熱的人，使我再能靜悄悄地享受沉靜之美，讓這一齣早晚要煞戲的戲再繼續下去演上幾幕。

按世俗演算法，從今天起，我已經達到八十三歲的高齡了，幾乎快到一個世紀了。我雖然不愛出遊，但也到過三十個國家，應該說是見多識廣。在國內將近半個世紀，經歷過峰迴路轉，經歷過柳暗花明，快樂與苦難並列，順利與打擊雜陳。我腦袋裡的回憶太多了，過於多了。眼前的工作又是頭緒萬端，誰也說不清我究竟有多少名譽職稱，說是打破紀錄，也不見得是誇大，但是，在精神上和身體上的負擔太重了。我真有點承受不住了。

儘管正如我上面所說的，我一不悲觀，二不厭世，可是我真想休息了。古人說：大塊勞我以生，息我以死。德國偉大詩人歌德晚年有一首膾炙人口的詩，最後一句是「Ruhest du auch」（你也休息），彷彿也表達了我的心情，我真想休息一下了。

心情是心情，活還是要活下去的。自己身後的道路越來越長，眼前的道路越來越短，因此前面剩下的這短短的道路，彌加珍貴。

我現在過日子是以天計，以小時計。每一天每一個小時都是可貴的。我希望真正能夠仔仔細細地過，認認真真地過，細細品味每一分鐘每一秒鐘，我認為每一分每一秒都不「尋常」。我希望千萬不要等到以後再感到「當時只道是尋常」，空吃後悔藥，徒喚奈何。對待自己是這樣，對待別人，也是這樣。

我希望盡上自己最大的努力，使我的老朋友，我的小朋友，我年輕的學生，當然也有我的家人，都能得到愉快。我也絕不會忘掉自己的祖國，只要我能為她做到的事情，不管多麼微末，我一定竭盡全力去做。只有這樣，我心裡才能獲得寧靜，才能獲得安慰。「這一齣戲就要煞戲了」，它願意什麼時候煞，就什麼時候煞吧。

現在正是嚴冬。室內春意融融，窗外萬里冰封。正對著窗子的那一棵玉蘭花，現在枝幹光禿禿的一點生氣都沒有。但是枯枝上長出的骨朵兒卻象徵了生命，蘊含著希望。花朵正蜷縮在骨朵兒內心裡，春天一到，東風一吹，會立即綻開白玉似的花。

池塘裡，眼前只有殘留的枯葉在寒風中、在層冰上搖曳。但是，我也知道，只等春天一到，堅冰立即化為粼粼的春水。現在蜷縮在黑泥中的葉子和花朵，在春天和夏天裡都會躥出水面。到了夏天，「接天蓮葉無窮碧，映日荷花別樣紅」，那將是何等光華爛漫的景色啊。

「既然冬天到了，春天還會遠嗎？」我現在一方面腦筋裡仍然會不時閃過一個念頭：「這一齣戲快煞戲了。」這絲毫也不含糊；但是，另一方面我又覺得這一齣戲的高潮還沒有到，恐怕在煞戲前的那一剎那才是真正的高潮，這一點也絕不含糊。

一九九四年一月一日

八十述懷

我從來沒有想到，我能活到八十歲；如今竟然活到了八十歲，然而又一點也沒有八十歲的感覺。豈非咄咄怪事！我向無大志，包括自己活的年齡在內。我的父母都沒有活過五十，因此，我自己的原定計劃是活到五十。這樣已經超過了父母，很不錯了。不知怎麼一來，宛如一場春夢，我活到了五十歲。

那時我流年不利，頗挨了一陣子餓。但是，我是「曾經滄海難為水」，在第二次世界大戰時，我正在德國，我經受了而今難以想像的飢餓考驗，以致失去了飽的感覺。我們那一點災害，同德國比起來，真如小巫見大巫；我從而順利地度過了那一場災難，而且當時的精神面貌，是我一生最好的時期，一點苦也沒有感覺到，於不知不覺中衝破了原定的年齡計畫，渡過了五十歲大關。

五十一過，又彷彿一場春夢似的，一下子就到了古稀之年，不容我反思，不容我踟躕。其間跨越了一個十年浩劫。我當然是在劫難逃，我一生寫作翻譯的高潮，恰恰出現在這個期間。原因並不神祕：我獲得了餘裕和時間。二百多萬字的印度大史詩《羅摩衍那》，就是在這時候譯完的。「雪夜閉門寫禁文」，自謂此樂不減羲皇上人。

又彷彿是一場縹緲的春夢，一下子就活到了今天，行年八十矣，是古人稱之為耄耋之年了。倒退二、三十年，我這個在壽命上胸無大志的人，偶爾也想到耄耋之年的情況：手拄拐杖，白鬚飄胸，步履維艱，老態龍鍾。自謂這種事情與自己無關，所以想得不深也不多。哪裡知道，自己今天就到了這個年齡了。

今天是新年元旦。從夜裡零時起，自己已是不折不扣的八十老翁了。然而這老景卻真如古人詩中所說的「青靄入看無」，我看不到什麼老景。看一看自己的身體，平平常常，同過去一樣。看一看周圍的環境，平平常常，同過去一樣。金色的朝陽從窗子裡流了進來，平平常常，同過去一樣。樓前的白楊，確實粗了一點，但看上去也是平平常常，同過去一樣。

時令正是冬天，葉子落盡了；但是我相信，它們正蜷縮在土裡，做著春天的夢。水塘裡的荷花只剩下殘葉，「留得殘荷聽雨聲」，現在雨沒有了，上面只有白皚皚的殘雪。我相信，**荷花們也蜷縮在淤泥中，做著春天的夢**。總之，我還是我，依然故我；周圍的一切也依然是過去的一切……

我是不是也在做著春天的夢呢？我想，是的。我現在也處在嚴寒中，我也夢著春天的到來。我相信英國詩人雪萊的兩句話：「既然冬天已經到了，春天還會遠嗎？」我夢著樓前的白楊重新長出了濃密的綠葉，我夢著池塘裡的荷花重新冒出了淡綠的大葉子，我夢著春天又回到了大地上。

可是我萬萬沒想到，「八十」這個數目字竟有這樣大的威力，一種神祕的威力。「自己已經八十歲了！」我吃驚地暗自思忖。它逼迫著我向前看一看，又回頭看一看。向前看，灰濛濛的一團，路不清楚，但也不是很長。確實沒有什麼好看的地方。不看也罷。

而回頭看呢，則在灰濛濛的一團中，清晰地看到了一條路，路極長，是我一步一步地走過來的，這條路的頂端是在清平縣的官莊。

我看到了一片灰黃的土房，中間閃著葦塘裡的水光，還有我大奶奶和母親的面影。這條路延伸出去，我看到了泉城的大明湖。這條路又延伸出去，我看到了水木清華，接著又看到德國小城哥廷根斑斕的秋色，上面飄動著我那母親似的女房東和祖父似的老教授面影。路陡然又從萬里之外折回到神州大地，我看到了紅樓，看到了燕園的湖光塔影。再看下去，路就縮住了，一直縮到我的腳下。

在這一條十分漫長的路上，我走過陽關大道，也走過獨木小橋。路旁有深山大澤，也有平坡宜人；有杏花春雨，也有塞北秋風；有山重水複，也有柳暗花明；有迷途知返，也有絕處逢生。路太長了，時間太長了，影子太多了，回憶太重了。我真正感覺到，我負擔不了，也忍受不了，我想擺脫掉這一切，還我一個自由自在身。

回頭看既然這樣沉重，能不能向前看呢？我上面已經說到，向前看，路不是很長，沒有什麼好看的地方。我現在正像魯迅的散文詩〈過客〉中的那一個過客。他不知道是從什麼地方走來的，終於走到了老翁和小女孩的土屋前面，討了點水喝。老翁看他已經疲憊不堪，勸他休息一下。

他說：「從我還能記得的時候起，我就在這麼走，要走到一個地方去，這地方就在前面。我單記得走了許多路，現在來到這裡了。我接著就要走向那邊去……況且還有聲音常在前面催促我，叫喚我，使我息不下。」

那邊，西邊是什麼地方呢？老人說：「前面，是墳。」

小女孩說：「不，不，不的。那有許多野百合，野薔薇，我常去玩，去看他們。」

我理解這個過客的心情，我自己也是一個過客。但是卻從來沒有什麼聲音催著我走，而是同世界上任何人一樣，我是非走不行的，不用催促，也是非走不行的。走到什麼地方去呢？走到西邊的墳那裡，這是一切人的歸宿。

我記得屠格涅夫的一首散文詩裡，也講了這個意思。我並不怕墳，只是在走了這麼長的路以後，我真想停下來休息片刻。然而我不能，不管你願意不願意，反正是非走不行。聊以自慰的是，我同那個老翁還不一樣，有的地方頗像那個小女孩，我既看到了墳，也看到野百合和野薔薇。

我面前還有多少路呢？我說不出，也沒有仔細想過。馮友蘭先生說：「何止於米？

相期以茶。」米是八十八歲，茶是一百零八歲。我沒有這樣的雄心壯志，我是「相期以米」。這算不算是立大志呢？我是沒有大志的人，我覺得這已經算是大志了。

我從前對窮通壽夭也是頗有一些想法的。十年浩劫以後，我成了陶淵明的志同道合者。他的一首詩，我很欣賞：

縱浪大化中，不喜亦不懼。
應盡便須盡，無復獨多慮。

我現在就是抱著這種精神，昂然走上前去。只要有可能，我一定做一些對別人有益的事，絕不想成為行屍走肉。我知道，未來的路也不會比過去的更筆直，更平坦，但是我並不恐懼。我眼前還閃動著野百合和野薔薇的影子。

一九九一年一月一日

九十五歲初度

又碰到了一個生日。

一副常見的對聯的上聯是：「天增歲月人增壽。」我又增了一年壽。莊子說：「萬物方生方死。」從這個觀點上來看，我又死了一年，向死亡接近了一年。

不管怎麼說，從表面上來看，我反正是增長了一歲，今年算是九十五歲了。

在增壽的過程中，自己在領悟、理解等方面有沒有進步呢？

仔細算，還是有的。去年還有一點嘆時光之流逝的哀感，今年則完全沒有了。這種哀感在人們中是最常見的。然而也是最愚蠢的。

「人間正道是滄桑。」時光流逝，是萬古不易之理。人類，以及一切生物，是毫無辦法的。「夫天地者，萬物之逆旅；光陰者，百代之過客。」對於這種現象，最好的辦法是聽之任之，用不著什麼哀嘆。

我現在集中精力考慮的一個問題是：如何避免「當時只道是尋常」這種尷尬情況。「當時」是指過去的某一個時間。「現在」，過一些時候也會成為「當時」的。這樣一來，我們就會永遠有這樣的哀嘆。我認為，我們必須從事實上，也可以說是從理論上考察和理解這個問題。我想談兩個問題：第一個是如何生活；第二個是如何回憶生活。先談第一個問題。

一般人的生活，幾乎普遍有一個現象，就是倥傯。用習慣的說法就是匆匆忙忙。五四運動以後，我在濟南讀到了俞平伯先生的一篇文章。文中引用了他夫人的話：「從今以後，我們要仔仔細細過日子了。」言外之意就是嫌眼前日子過得不夠仔細，也許就是日子過得太匆匆的意思。

怎樣才叫仔仔細細呢？俞先生夫婦都沒有解釋，至今還是個謎。我現在不揣冒昧，加以解釋。所謂仔仔細細就是：多一些典雅，少一些粗暴；多一些溫柔，少一些莽撞；總之，多一些人性，少一些獸性；如此而已。

至於如何回憶生活，首先必須指出：這是古今中外一個常見的現象。一個人，不管活得多長多短，一生中總難免有什麼難以忘懷的事情。這倒不一定都是喜慶的事情，比如洞房花燭夜，金榜題名時之類。這固然使人終生難忘。反過來，像夜走麥城這樣的事，如果關羽能夠活下來，他也不會忘記的。

總之，我認為，回想一些俱往矣類的事情，總會有點好處。回想喜慶的事情，能使人增加生活的情趣，提高向前進的勇氣。回憶倒楣的事情，能使人引以為鑑，不致再蹈覆轍。

現在，我在這裡，必須談一個無論如何也繞不過去的問題：死亡問題。我已經活了九十五年。無論如何也必須承認這是高齡。但是，在另一方面，它離死亡也不會太遠了。一談到死亡，沒有人不厭惡的。我雖然還不知道，死亡究竟是什麼樣子，我也並不喜歡它。

寫到這裡，我想加上一段非無意義的閒話。對於壽命的態度，東西方是頗不相同的。中國人重壽，自古已然。漢瓦當（屋檐前端的圓形瓦片）文「延年益壽」，可見漢代的情況。人名「李龜年」之類，也表示了長壽的願望。從長壽再進一步，就是長生不老。

李義山詩：「嫦娥應悔偷靈藥，碧海青天夜夜心。」靈藥當即不死之藥。這也是一些人，包括幾個所謂英主在內，所追求的境界。漢武帝就是狂熱的長生不老的追求者。精明如唐太宗者，竟也為了追求長生不老而服食玉石散之類的礦物，結果是中毒而死。

上述情況，在西方是找不到的。沒有哪一個西方的皇帝或國王會追求長生不老。他們認為，這是無稽之談，不屑一顧。

我雖然是中國人，長期在中國傳統文化薰陶下成長起來的；但是，在壽與長生不老的問題上，我卻傾向西方的看法。中國民間傳說中有不少長生不老的故事，這些東西侵入正規文學中，帶來了不少的逸趣，但始終成不了正果。換句話說，就是，中國人並不看重這些東西。

中國人是講求實際的民族。人一生中，實際的東西是不少的。其中最突出的一個東西就是死亡。人們都厭惡它，但是卻無能為力。

上文我已經涉及死亡問題，現在再談一談。一個九十五歲的老人，若不想到死亡，那才是天下之怪事。

我認為，重要的事情，不是想到死亡，而是怎樣理解死亡。世界上，包括人類在內，林林總總，生物無慮上千上萬。生物的關鍵就在於生，死亡是生的對立面，是生的大敵。既然是大敵，為什麼不剷除之而後快呢？剷除不了的。有生必有死，是人類進化的規律。是一切生物的規律，是誰也違背不了的。

對像死亡這樣的誰也違背不了的災難，最有用的辦法是先承認它，不去同它對著幹，然後整理自己的思想感情。

我多年以來就有一個座右銘：「縱浪大化中，不喜亦不懼。應盡便須盡，無復獨多慮。」是陶淵明的一首詩。「該死就去死，不必多嘀咕。」多麼乾脆俐落！我目前的思想感情也還沒有超過這個階段。

江文通《恨賦》最後一句話是：「自古皆有死，莫不飲恨而吞聲。」我相信，在我上面說的那些話指引下，我一不飲恨，二不吞聲。我只是順其自然，隨遇而安。

我也不信什麼輪迴轉世。我不相信，人們肉體中還有一個靈魂。在人們的軀體還沒有解體的時候靈魂起什麼作用，自古以來，就沒有人說得清楚。我想相信，也不可能。

對你目前的九十五歲高齡有什麼想法？我既不高興，也不厭惡。這本來是無意中得來的東西，應該讓它發揮作用。

比如說，我一輩子舞筆弄墨，現在為什麼不能利用我這一枝筆桿子來鼓吹升平，增強和諧呢？現在的國家氛圍是政通人和、海晏河清。可歌頌之事真是太多太多了。歌頌這些美好的事物，九十五年是不夠的。因此，我希望活下去。豈止於此，相期以茶。

二〇〇〇年年八月八日

捌／我的人生信條：真實

一個人一生是什麼樣子，年輕時怎樣，中年怎樣，

老年又怎樣，都應該如實地表達出來。

在某一階段上，自己的思想感情有了偏頗，

甚至錯誤，絕不應加以掩飾，

而應該堂堂正正地承認。

我寫我

我寫我，真是一個絕妙的題目；但是，我的文章卻不一定妙，甚至很不妙。

每一個人都有一個「我」，二者親密無間，因為實際上是一體的。按理說，人對自己的「我」應該是十分了解的；然而，事實上卻不盡然。依我看，大部分人是不了解自己的，都是自視過高的。這在人類歷史上竟成了一個哲學上的大問題。否則古希臘哲人發出獅子吼：「要認識你自己！」豈不成了一句空話嗎？

我認為，我是認識自己的，換句話說，是有點自知之明的。我經常像魯迅先生說的那樣剖析自己。然而結果並不美妙，我剖析得有點過了頭，我的自知之明過了頭，有時候真感到自己一無是處。

這表現在什麼地方呢？

拿寫文章做一個例子。專就學術文章而言，我並不認為「文章是自己的好」。我真正滿意的學術論文並不多。反而別人的學術文章，包括一些青年後輩的文章在內，我覺得是好的。為什麼會出現這種心情呢？我還沒得到答案。

再談文學作品。在中學時候，雖然同窗們曾贈我一個「詩人」的綽號，實際上我沒有認真寫過詩。至於散文，則是寫的，而且已經寫了六十多年，加起來也有七、八十萬字了。然而自己真正滿意的也屈指可數。在另一方面，別人的散文就真正覺得好的也十分有限。這又是什麼原因呢？我也還沒得到答案。

在品行的好壞方面，我有自己的看法。什麼叫好？什麼又叫壞？我不通倫理學，沒有深邃的理論，只能講幾句大白話。我認為，只替自己著想，只考慮個人利益，就是壞。反之能替別人著想，考慮別人的利益，就是好。為自己著想和為別人著想，後者能超過一半，他就是好人。低於一半，則是不好的人；低得過多，則是壞人。

拿這個尺度來衡量一下自己，我只能承認自己是一個好人。我儘管有不少的私心雜念，但是總起來看，考慮別人的利益還是多於一半的。至於說真話與說謊，這當然也是衡量品行的一個標準。我說過不少謊話，因為非此則不能生存。但是我還是敢於講真話的。我的真話總是大大地超過謊話。因此我是一個好人。

我這樣一個自命為好人的人，生活情趣怎樣呢？我是一個感情充沛的人，也是興趣不老少的人。然而事實上生活了八十年以後，到頭來自己都感到自己枯燥乏味，乾乾巴巴，好像一棵枯樹，只有樹幹和樹枝，而沒有一朵鮮花，一片綠葉。自己搞的所謂學問，別人稱之為「天書」。自己寫的一些專門的學術著作，別人視之為神祕。

年屆耄耋，過去也曾有過幻想，想在生活方面改弦更張，減少一點枯燥，增添一點滋潤，在枯枝粗幹上開出一點鮮花，長上一點綠葉；然而直到今天，仍然是忙忙碌碌，有時候整天連軸轉，「為他人做嫁衣裳」，而且退休無日，路窮有期，可嘆亦復可笑！

我這一生，同別人差不多，陽關大道，獨木小橋，都走過跨過。坎坎坷坷，彎彎曲曲，一路走了過來。不能不承認，我運氣不錯，所得到的成功，所獲得的虛名，都有點名不副實。在另一方面，我的倒楣也有非常人所可得者。因為敢於仗義執言，幾乎把老命賠上。皮肉之苦也是永世難忘的。

現在，我的人生之旅快到終點了。我常常回憶八十年來的歷程，感慨萬端。我曾問過自己一個問題：如果真有那麼一個造物主，要加恩於我，讓我下一輩子還轉生為人，我是不是還走今生走的這一條路？

經過了一些思慮，我的回答是：還要走這一條路。但是有一個附帶條件：讓我的臉皮厚一點，讓我的心黑一點，讓我考慮自己的利益多一點，讓我自知之明少一點。

一九九二年十一月十六日

做真實的自己

在人的一生中，思想感情的變化總是難免的。連壽命比較短的人都無不如此，何況像我這樣壽登耄耋的老人！

我們舞筆弄墨的所謂「文人」，這種變化必然表現在文章中。到了老年，如果想出文集，該怎樣來處理這樣一些思想感情前後有矛盾，甚至天翻地覆的矛盾的文章呢？這裡就有兩種辦法。在過去，有一些文人悔其少作，竭力掩蓋自己幼年掛屁股簾的形象，盡量刪削年輕時的文章，使自己成為一個一生一貫正確，思想感情總是前後一致的人。

我個人不贊成這種作法，認為這有點作偽的嫌疑。我主張，一個人一生是什麼樣子，年輕時怎樣，中年怎樣，老年又怎樣，都應該如實地表達出來。在某一階段上，自己的思想感情有了偏頗，甚至錯誤，絕不應加以掩飾，而應該堂堂正正地承認。這樣的文章絕不應任意刪削或者乾脆抽掉，而應該完整地加以保留，以存真相。

在我的散文和雜文裡，其中思想感情前後矛盾的現象，是頗能找出一些來的。比如對社會某一個階段的歌頌，對某一個人的崇拜與歌頌，在寫作的當時，我是真誠的；後來感到一點失望，我也是真誠的。這些文章，我都毫不加以刪改，統統保留下來。不管現在看起來是多麼幼稚，甚至多麼荒謬，我都不加掩飾，目的仍然是存真。

像我這樣性格的人，是頗有點自知之明的。我離一個社會活動家，是有相當大的距離的。我本希望像我的老師陳寅恪先生那樣，淡泊以明志，寧靜以致遠，不求聞達，畢生從事學術研究，又絕不是不關心國家大事，絕不是不愛國，那不是知識分子的傳統。

然而陰差陽錯，我成了現在這樣一個人。應景文章不能不寫，寫序也推託不掉，「春花秋月何時了，開會知多少」，會也不得不開。事與願違，塵根難斷，自己已垂垂老矣，改弦更張，只有俟諸來生了。這與我寫一些文章有關。因寫「後記」，觸發了我的感慨，所以就加了這樣一條尾巴。

一九九五年三月十八日

反躬自省

我在上面，從病原開始，寫了發病的情況和治療的過程，自己的僥倖心理，掉以輕心，自己的瞎鼓搗，以致釀成了幾乎不可收拾的大患，進了三〇一醫院，邊敘事，邊抒情，邊發議論，邊發牢騷，一直寫了一萬三千多字。現在寫作重點是應該換一換的時候了。換的主要樞紐是反求諸己。

三〇一醫院的大夫們發揚了「三高」的醫風，熨平了我身上的創傷，我想用反躬自省的手段，熨平自己的心靈。

我想從認識自我談起。

每一個人都有一個自我，自我當然離自己最近，應該最容易認識。事實證明正相反，自我最不容易認識。所以古希臘人才發出了「Know thyself」的驚呼。一般的情況是，人們往往把自己的才能、學問、道德、成就等等評估過高，永遠是自我感覺良好。這對自己是不利的，對社會也是有害的。許多人事糾紛和社會矛盾由此而生。

不管我有多少缺點與不足之處，但是認識自己還是頗能做到一些的。我經常剖析自己。想回答「自己究竟是一個什麼樣的人？」這樣一個問題，我自信能夠客觀地實事求是地進行分析的。我認為，自己絕不是什麼天才，絕不是什麼奇才異能之士，自己只不過是一個中不溜丟的人；但也不能說是蠢材。

我說不出，自己在哪一方面有什麼特別的天賦。繪畫和音樂我都喜歡，但都沒有天賦。在中學讀書時，在課堂上偷偷地給老師畫像，我的同桌、同學畫得比我更像老師，我不得不心服。我羨慕許多同學都能拿出一手兒來，唯獨我什麼也拿不出。

我想在這裡談一談我對天才的看法。在世界和中國歷史上，確實有過天才；我都沒能夠碰到。但是，在古代，在現代，在中國，在外國，自命天才的人卻層出不窮。我也曾遇到不少這樣的人。他們那一副自命不凡的天才相，令人不敢向邇。別人嗤之以鼻，而這些「天才」則巍然不動，揮斥激揚，樂不可支。此種人物列入《儒林外史》是再合適不過的。我除了敬佩他們的臉皮厚之外，無話可說。

我常常想，天才往往是偏才。他們大腦裡一切產生智慧或靈感的構件，集中在某一個點上，別的地方一概不管，這一點就是他的天才之所在。天才有時候同瘋狂融在一起，畫家梵谷就是一個好例子。

在倫理道德方面，我的基礎也不雄厚。我絕沒有現在社會上認為的那樣好，那樣清高。在這方面，我有我的一套「理論」。我認為，人從動物群體中脫穎而出，變成了人。除了人的本質外，動物的本質也還保留了不少。一切生物的本能，即所謂「性」，都是一樣的，即一要生存，二要溫飽，三要發展。在這條路上，倘有障礙，必將本能地下死力排除之。

根據我的觀察，生物還有爭勝或求勝的本能，總想壓倒別的東西，一枝獨秀。這種本能人當然也有。我們常講，在世界上，爭來爭去，不外名利兩件事。名是為了滿足求勝的本能，而利則是為了滿足求生。二者聯繫密切，相輔相成，成為人類的公害，誰也剷除不掉。古今中外的聖人賢人們都盡過力量，而所獲只能說是有限。

至於我自己，一般人的印象是，我比較淡泊名利。其實這只是一個假象，我名利之心兼而有之。只因我的環境對自己有大裨益，所以才造成了這一個假象。

我在四十多歲時，一名知識分子當時所能追求的最高榮譽，已全部到手。在學術上是中國科學院學部委員，即後來的院士。在教育界是一級教授。在政治上是全國政協委員。學術和教育我已經爬到了百尺竿頭，再往上就沒有什麼階梯了。我難道還想登天做神仙嗎？因此，以後幾十年的提升提級活動我都無權參加，只是領導而已。

假如我當時是一個二級教授，儘管這在大學中已經不低了，也一定會渴望再爬上一級的。不過，我在這裡必須補充幾句。即使我想再往上爬，也絕不會奔走、鑽營、吹牛、拍馬，只問目的，不擇手段。那不是我的作風，我一輩子沒有幹過。

寫到這裡，就跟一個比較抽象的理論問題掛上了鉤。什麼叫好人？什麼叫壞人？什麼叫好？什麼叫壞？我沒有看過倫理教科書，不知道其中有沒有這樣的定義。我自己悟出了一套看法，當然是極端粗淺的，甚至是原始的。

我認為，一個人一生要處理好三個關係：天人關係，也就是人與大自然的關係；人人關係，也就是社會關係；個人思想和感情中矛盾和平衡的關係。處理好了，人類就能夠進步，社會就能夠發展。好人與壞人的問題屬於社會關係。因此，我在這裡專門談社會關係，其他兩個就不說了。

正確處理人與人的關係，主要是處理利害關係。每個人都有自己的利益，都關心自己的利益。而這種利益又常常會同別人有矛盾的。有了你的利益，就沒有我的利益。你的利益多了，我的就會減少。怎樣解決這個矛盾就成了芸芸眾生最棘手的問題。

人類畢竟是有思想、能思考的動物。在這種極端錯綜複雜的利益矛盾中，他們絕大部分人都能有分析評判的能力。至於哲學家所說的良知和良能，我說不清楚。人們能夠分清是非善惡，自己處理好問題。在這裡無非是有兩種態度，既考慮自己的利益，為自己著想，也考慮別人的利益，為別人著想。極少數人只考慮自己的利益，而又以殘暴的手段攫取別人的利益者，是為害群之馬，國家必繩之以法，以保證社會的安定團結。

這也是衡量一個人好壞的基礎。地球上沒有天堂樂園，也沒有小說中所說的「君子國」。對一般人民的道德標準不要提出過高的要求。一個人除了為自己著想外，能為別人著想的標準達到百分之六十，他就算是一個好人。標準越高，當然越好。那樣高的標準恐怕只有少數人能達到了。

大概由於我標準太低，我不大敢同意「毫不利己，專門利人」這種提法，一個「毫不」，再加上一個「專門」，把話說得滿到不能再滿的程度。試問天下人有幾個人能做到。提這個口號的人怎樣呢？這種口號只能嚇唬人，叫人望而卻步，絕起不到提高人們道德標準的作用。

至於我自己，我是一個謹小慎微、性格內向的人。考慮問題有時候細入毫髮。我考慮別人的利益，為別人著想，自認能達到百分之六十。我只能把自己劃歸好人一類。我過去犯過許多錯誤，傷害了一些人。但那絕不是有意為之，是為我的標準低修養不夠所支配的。在這裡，我還必須再做一下老王，自我吹噓一番。在大是大非問題前面，我會一反謹小慎微的本性，挺身而出，完全不計個人利害。我覺得，這是我身上的亮點，頗值得驕傲的。總之，我給自己的評價是：一個平平常常的好人，但不是一個不講原則的濫好人。

現在我想重點談一談對自己當前處境的反思。

我生長在魯西北貧困地區一個僻遠的小村莊裡。晚年，一個幼年時的夥伴對我說：「你們家連貧農都算不上！」在家六年，幾乎不知肉味，平常吃的是紅高粱餅子，白饅頭只有大奶奶給我吃過。沒有錢買鹽，只能從鹽鹼地裡挖土煮水醃鹹菜。母親一字不識，一輩子季趙氏，連個名都沒有撈上。

我現在一閉眼就看到一個小男孩，在夏天裡渾身上下一絲不掛，滾在黃土地裡，然後跳入渾濁的小河裡去沖洗。再滾，再沖；再沖，再滾。

「難道這就是我嗎？」

「不錯，這就是你！」

六歲那年，我從那個小村莊裡走出，走向通都大邑，一走就走了將近九十年。我走過陽關大道，也跨過獨木小橋。有時候歪打正著，有時候也正打歪著。坎坎坷坷，跌跌撞撞，磕磕碰碰，推推搡搡，雲裡，霧裡。不知不覺就走到了現在的九十二歲，超過古稀之年二十多歲了。豈不大可喜哉！又豈不大可懼哉！

我彷彿大夢初覺一樣，糊里糊塗地成為一位名人。現在正住在三〇一醫院雍容華貴的高幹病房裡。同我九十年前出發時的情況相比，只有李後主的「天上人間」四個字差堪比擬於萬一。我不大相信這是真的。

我在上面曾經說到，名利之心，人皆有之。我這樣一個平凡的人，有了點名，感到高興，是人之常情。我只想說一句，我確實沒有為了出名而去鑽營。我經常說，我少無大志，中無大志，老也無大志。這都是實情。能夠有點小名小利，自己也就滿足了。可是現在的情況卻不是這樣子。已經有了幾本傳記，聽說還有人正在寫作。至於單篇的文章數量更大。其中說的當然都是好話，當然免不了大量溢美之詞。別人寫的傳記和文章，我基本上都不看。我感謝作者，他們都是一片好心。我經常說，我沒有那樣好，那是對我的鞭策和鼓勵。

我感到慚愧。

常言道：「人怕出名豬怕壯。」一點小小的虛名竟能招來這樣的麻煩，不身歷其境者是不能理解的。麻煩是錯綜複雜的，我自己也理不出個頭緒來。我現在，想到什麼就寫點什麼，絕對是寫不全的。

首先是出席會議。有些會議同我關係實在不大。但卻又非出席不行，據說這涉及會議的規格。在這一頂大帽子下面，我只能勉為其難了。

其次是接待來訪者，只這一項就頭緒萬端。老朋友的來訪，什麼時候都會為我帶來歡悅，不在此列。我講的是陌生人的來訪，學校在我的大門上貼出布告：謝絕訪問。但大多數人卻熟視無睹，置之不理，照樣大聲敲門。

外地來的人，其中多半是年輕人，不遠千里，為了某一些原因，要求見我。如見不到，他們能在門外荷塘旁等上幾個小時，甚至住在校外旅店裡，每天來我家附近一次。他們來的目的多種多樣；但大體上以想進北大為最多。他們慕北大之名，可惜考試未能及格。他們錯認我有無窮無盡的能力和權力，能幫助自己。另外想到北京找工作的也有，想找我簽個名照張相的也有。這種事情說也說不完。我家裡的人告訴他們我不在家。於是我就不敢在臨街的屋子裡抬頭，當然更不敢出門，我成了「囚徒」。

其次是來信。我每天都會收到陌生人的幾封信。有的也多與求學有關。有極少數的男女大孩子，向我訴說思想感情方面的一些問題和困惑。據他們自己說，這些事連自己的父母都沒有告訴。我讀了真正是萬分感動，遍體溫暖。我有何德何能，竟能讓純真無邪的大孩子如此信任！

據說，外面傳說，我每信必覆。我最初確實有這樣的願望。但是，時間和精力都有限，只好讓李玉潔女士承擔寫起回信的任務。而這個任務便成了德國人口中常說的「硬核桃」。

其次是寄來的稿子，要我「評閱」，提意見，寫序言，甚至推薦出版。其中有洋洋數十萬言之作。我哪裡有能力有時間讀這些原稿呢？有時候往旁邊一放，為新來的信件所覆蓋。過了不知多少時候，原作者來信催還原稿。這卻使我作了難。「只在此室中，書深不知處」了。如果原作者只有這麼一本原稿，那我的罪孽可就大了。

其次是要求寫字的人多，求我的「墨寶」，有的是樓臺名稱，有的是展覽會的會名，有的是書名，有的是題詞，總之是花樣很多。一提「墨寶」，我就汗顏。小時候確實練過字。但是，一入大學，就再沒有練過書法，以後長期居住在國外，連筆墨都看不見，何來「墨寶」。現在，到了老年，忽然變成了「書法家」，竟還有人把我的「書法」拿到書展上去示眾，我自己都覺得可笑！有比較老實的人，暗示給我：他們所求的不過「季羨林」三個字。這樣一來，我的心反而平靜了一點，下定決心：你不怕醜，我就敢寫。

其次是廣播電臺、電視臺，還有一些什麼臺，以及一些報紙雜誌編輯部的錄影採訪。這使我最感到麻煩。我也會說一些謊話的；但我的本性是有時嘴上沒遮掩，有時說溜了嘴，在過去，你還能耍點無賴，硬不承認。今天他們人人手裡都有答錄機，「君子一言，駟馬難追」，同他們訂君子協定，答應刪掉；但是，多數是原封不動，和盤端出，讓你哭笑不得。上面的這一段訴苦已經夠長的了，但是還遠遠不夠，苦再訴下去，也了無意義，就此打住。

我雖然有這樣多麻煩，但並沒有被麻煩壓倒。我照常我行我素，做自己的工作。我一向關心國內外的學術動態，並不厭其煩地鼓勵我的學生閱讀國內外與自己研究工作有關的學術刊物。一般是瀏覽，重點必須細讀。為學貴在創新。如果連國內外的「新」都不知道，你的「新」何從創起？

我自己很難到大圖書館看雜誌了。幸而承蒙許多學術刊物的主編不棄，定期寄贈，這才得以拜讀，了解了不少當前學術研究的情況和結果，不致閉目塞聽。我自己的研究工作仍然照常進行。遺憾的是，許多多年來就想研究的大題目，曾經積累過一些資料，現在拿起來一看，頓時想到自己的年齡，只能像玄奘當年那樣，嘆一口氣說：「自量氣力，不復辦此。」

對當前學術研究的情況，我也有自己的一套看法，仍然是頓悟式地得來的。我覺得，在過去，人文社會科學學者在進行科研工作時，最費時間的工作是蒐集資料，往往窮年累月，還難以獲得多大成果。現在電腦、光碟一旦被發明，大部分古籍都已收入其中。不費吹灰之力，就能涸澤而漁。過去最繁重的工作成為最輕鬆的了。

有人可能掉以輕心，我卻有我的憂慮。

將來的文章由於資料豐滿可能越來越長，而疏漏則可能越來越多。光碟不可能把所有的文獻都吸引進去，而且考古發掘還會不時有新的文獻呈現出來。這些文獻有時候比已有的文獻還更重要，萬萬不能忽視的。

好多人都承認，現在學術界急功近利浮躁之風已經有所抬頭，剽竊就是其中最顯著的表現，這應該引起人們的戒心。我在這裡抄一段朱子的話，獻給大家。

朱子說：「聖賢言語，一步是一步。近來一種議論，只是跳躑。初則兩三步做一步，甚則十數步作一步，又甚則千百步作一步。所以學之者皆顛狂。」（《朱子語類・陸氏》一百二十四）。願與大家共勉力戒之。

勤奮、天才（才能）與機遇

人類的才能，每個人都有所不同，這是大家都看到的事實，不能不承認的，但是有一種特殊的才能，一般人稱之為「天才」。有沒有「天才」呢？似乎還有點爭論，有點看法的不同。「文化大革命」期間，有一度曾大批「天才」，但其時所批「天才」，似乎與現在討論的「天才」不是一回事。

根據我六、七十年來的觀察和思考，有「天才」是否定不了的，特別在音樂和繪畫方面。你能說貝多芬、莫札特不是音樂天才嗎？即使不談「天才」，只談才能，人與人之間也是相差十分懸殊的。就拿教梵文來說，在同一個班上，一年教下來，學習好的學生能夠教學習差的而有餘。有的學生就是一輩子也跳不過梵文這個龍門。這情形我在國內外都見到過。

拿做學問來說，天才與勤奮的關係究竟如何呢？有人說「九十九分勤奮，一分神來（屬於天才的範疇）」。我認為，這個百分比應該糾正一下。七、八十分的勤奮，二、三十分的天才（才能），我覺得更符合實際一點。我絲毫也沒有貶低勤奮的意思。無論幹哪一行的，沒有勤奮，一事無成。我只是感到，如果沒有才能而只靠勤奮，一個人發展的極限是有限度的。

現在，我來談一談天才、勤奮與機遇的關係問題。我記得六十多年前在清華大學讀西洋文學時，讀過一首英國詩人托馬斯．格雷（Thomas Gray）的詩，題目大概是叫〈鄉村墓地哀歌〉（*Elegy*）。

詩的內容，時隔半個多世紀，全都忘了，只有一句還記得：「在墓地埋著的可能有莎士比亞。」意思是指，有莎士比亞天才的人，老死窮鄉僻壤間。換句話說，他沒有得到「機遇」，天才白白浪費了。上面講的可能有張冠李戴的可能；如果有的話，請大家原諒。

總之，我認為，「機遇」（在一般人嘴裡可能叫做命運）是無法否認的。一個人一輩子做事，讀書，不管是幹什麼，其中都有「機遇」的成分。我自己就是一個活生生的例子。如果「機遇」不垂青，我至今還恐怕是一個識字不多的貧農，也許早已離開了世界。我不是「王半仙」或「張鐵嘴」，我不會算卦、相面，我不想來解釋這一個「機遇」問題，那是超出我的能力的事。

一九九七年

謙虛與虛偽

在倫理道德的範疇中，謙虛一向被認為是美德，應該揚；而虛偽則一向被認為是惡習，應該抑。

然而，究其實際，二者間有時並非涇渭分明，其區別間不容髮。謙虛稍一過頭，就會成為虛偽。我想，每個人都會有這種體會的。

在世界文明古國中，中國是提倡謙虛最早的國家。在中國最古的經典之一的《尚書·大禹謨》中就已經有了「滿招損，謙受益，時（是）乃天道」這樣的教導，把自滿與謙虛提高到「天道」的水準，可謂高矣。

從那以後，歷代的聖賢無不張惶謙虛，貶抑自滿。一直到今天，我們常用的詞彙中仍然有一大批與「謙」字有聯繫的詞兒，比如謙卑、謙恭、謙和、謙謙君子、謙讓、謙順、謙虛、謙遜等等，可見「謙」字之深入人心，久而愈彰。

我認為，社會應當提倡真誠的謙虛，而避免虛偽的謙虛，後者與虛偽間不容髮矣。

可是在這裡我們就遇到了一個攔路虎。什麼叫「真誠的謙虛」？什麼又叫「虛偽的謙虛」？兩者之間並非涇渭分明，簡直可以說是因人而異，因地而異，因時而異，掌握一個正確的分寸難於上青天。

最突出的是因地而異，「地」指的首先是東方和西方。在東方，比如說中國和日本，提到自己的文章或著作，必須說是「拙作」或「拙文」。在西方各國語言中是找不到相當的詞兒的。尤有甚者，甚至可能產生誤會。

中國人請客，發請柬必須說「潔治菲酌」，不了解東方習慣的西方人就會滿腹疑團：為什麼單單用「不豐盛的宴席」來請客呢？日本人送人禮品，往往寫上「粗品」二字，西方人又會問：為什麼不用「精品」來送人呢？

在西方，對老師，對朋友，必須說真話，會多少，就說多少。如果你說，這個只會一點點兒，那個只會一星星兒，他們就會信以為真；在東方則不會。這有時會很危險的。至於吹牛之流，則為東西方同樣所不齒，不在話下。

可是怎樣掌握這個分寸呢？我認為，在這裡，真誠是第一標準。虛懷若谷，如果是真誠的話，它會促你永遠學習，永遠進步。有的人永遠「自我感覺良好」，這種人往往不能進步。康有為是一個著名的例子。他自稱，「年屆而立，天下學問無不掌握。」結果說康有為是一個革新家則可，說他是一個學問家則不可。較之乾嘉諸大師，甚至清末民初諸大師，包括他的弟子梁啟超在內，他在學術上是沒有建樹的。

總之，謙虛是美德，但必須掌握分寸，注意東西。在東方謙虛涵蓋的範圍廣，不能施之於西方，此不可不注意者。然而，不管東方或西方，必須出之以真誠。有意的過分謙虛就等於虛偽。

一九九八年十月三日

辭「國學大師」

現在在某些比較正式的檔中，在我頭頂上也出現「國學大師」這一燦爛輝煌的光環。這並非無中生有，其中有一段歷史淵源。

約莫十幾二十年前，中國的改革開放大見成效，經濟飛速發展。文化建設方面也相應地活躍起來。有一次在還沒有改建的大講堂裡開了一個什麼會，專門向同學們談國學，中華文化的一部分畢竟是保留在所謂「國學」中的。當時在主席臺上共坐著五位教授，每個人都講上一通。我是被排在第一位的，說了些什麼話，現在已忘得乾乾淨淨。《人民日報》的一位資深記者是北大校友，「於無聲處聽驚雷」，在報上寫了一篇長文〈國學熱悄悄在燕園興起〉。從此以後，其中四位教授，包括我在內，就被稱為「國學大師」。他們三位的國學基礎都比我強得多，他們對這一頂桂冠的想法如何，我不清楚。我自己被戴上了這一頂桂冠，卻是渾身起雞皮疙瘩。

這情況引起了一位學者（或者別的什麼「者」）的「義憤」，觸動了他的特異功能，在雜誌上著文說，提供國學是對抗馬克思主義。這話真是石破天驚，匪夷所思，讓我目瞪口呆。一直到現在，我仍然沒有想通。

說到國學基礎，我從小學起就讀經書、古文、詩詞。對一些重要的經典著作有所涉獵。但是我對哪一部古典，哪一個作家都沒有下過死工夫，因為我從來沒想成為一個國學家。後來專治其他的學術，浸淫其中，樂不可支。除了尚能背誦幾百首詩詞和幾十篇古文外；除了尚能在最大的宏觀上談一些與國學有關的、自謂是大而有當的問題，比如天人合一外，自己的國學知識並沒有增加。

環顧左右，朋友中國學基礎勝於自己者，大有人在。在這樣的情況下，我竟獨占「國學大師」的尊號，豈不折煞老身（借用京劇女角詞）！我連「國學小師」都不夠，遑論「大師」！

為此，我在這裡昭告天下：請從我頭頂上把「國學大師」的桂冠摘下來。

辭「學界（術）泰斗」

這要分兩層來講：一個是教育界，一個是人文社會科學界。

先要弄清楚什麼叫「泰斗」。泰者，泰山也；斗者，北斗也。兩者都被認為是至高無上之物。

光談教育界。我一生做教書匠，爬格子。在國外教書十年，在國內五十七年。人們常說：「沒有功勞，也有苦勞。」特別是在過去幾十年中，天天運動，花樣翻新，總的目的就是讓你不得安閒，神經時時刻刻都處在萬分緊張的情況中。在這樣的情況下，我一直擔任行政工作，想要做出什麼成績，豈不戛戛乎難矣哉！我這個「泰斗」從哪裡講起呢？

在人文社會科學的研究中，說我做出了極大的成績，那不是事實。說我一點成績都沒有，那也不符合實際情況。這樣的人，滔滔者天下皆是也。但是，現在卻偏偏把我「打」成泰斗。我這個泰斗又從哪裡講起呢？

為此，我在這裡昭告天下：請從我頭頂上把「學界（術）泰斗」的桂冠摘下來。

辭「國寶」

在中國，一提到「國寶」，人們一定會立刻想到人見人愛憨態可掬的大熊貓。這種動物數量極少，而且只有中國有，稱之為「國寶」，它是當之無愧的。

可是，大約在八、九十來年前，在一次會議上，北京市的一位上級突然稱我為「國寶」，我極為驚愕。到了今天，我所到之處，「國寶」之聲洋洋乎盈耳矣。我實在是大惑不解。

當然，「國寶」這一頂桂冠並沒有為我一人所壟斷。其他幾位書畫名家也有此稱號。

我浮想聯翩，想探尋一下起名的來源。是不是因為中國只有一個季羨林，所以他就成為「寶」。但是，中國的趙一錢二孫三李四等，也都只有一個，難道中國能有十三億「國寶」嗎？

這種事情，癡想無益，也完全沒有必要。我來一個急剎車。

為此，我在這裡昭告天下：請從我頭頂上把「國寶」的桂冠摘下來。三頂桂冠一摘，還了我一個自由自在身。身上的泡沫洗掉了，露出了真面目，皆大歡喜。

露出了真面目，自己是不是就成了原來蒙著華貴綢罩的朽木架子，而今卻完全塌了架了呢？也不是的。

我自己是喜歡而且習慣於講點實話的人。講別人，講自己，我都希望能夠講得實事求是，水分越少越好。

我自己覺得，桂冠取掉，裡面還不是一堆朽木，還是有頗為堅實之物的。至於別人怎樣看我，我並不十分清楚。因為，正如我在上面說的那樣，別人寫我的文章我基本上是不讀的，我怕裡面的溢美之詞。

現在困居病房，長晝無聊，除了照樣舞筆弄墨之外，也常考慮一些與自己學術研究有關的問題，憑自己那一點自知之明，考慮自己學術上有否「功業」，有什麼「功業」。我盡量保持客觀態度。過於謙虛是矯情，過於自吹自擂是老王，二者皆為我所不敢取。我在下面就「夫子自道」一番。

我常常戲稱自己為「雜家」。我對人文社會科學領域內，甚至科技領域內的許多方面都感興趣。我常說自己是「樣樣通，樣樣鬆」，這話並不確切。很多方面我不通，有一些方面也不鬆。合轍押韻，說著好玩而已。

我從事科學研究工作，已經有七十年的歷史。我這個人在任何方面都是後知後覺。研究開始時並沒有顯露出什麼奇才異能，連自己都不滿意。後來逐漸似乎開了點竅，到了德國以後，才算是走上了正路。但一旦走上了正路，走的就是快車道。回國以後，受到了眾多的干擾，十年浩劫中完全停止。改革開放，新風吹起。我又重新上路，到現在已有二十多年了。

根據我的估算，我的學術研究的第一階段是德國十年。研究的主要方向是原始佛教梵語。我的博士論文就是這方面的題目。在論文中，我論到了一個可以說是被我發現的新的語尾，據說在印歐語系比較語言學上頗有重要意義，引起了比較語言學教授的極大關懷。

到了一九六五年，我還在印度語言學會出版的 *Indian Linguistics Vol.II* 發表了一篇 *On the Ending-neatha for the First Person Rlunel Atm. In the Buddhist mixed Dialect*，這是我博士論文的持續發展。當年除了博士論文外，我還寫了兩篇比較重要的論文，一篇是講不定過去時的，一篇講「-am・＞o,u」，都發表在哥廷根科學院院刊上。

在德國，科學院是最高學術機構，並不是每一個教授都能成為院士。德國規矩，一個系只有一個教授，無所謂系主任。每一個學科全國也不過有二、三十個教授，比不了現在大學中一個系的教授數量。在這樣的情況下，再選院士，其難可知。科學院的院刊當然都是代表最高學術水準的。

我以一個三十歲剛出頭的異國毛頭小夥子，竟能在上面連續發表文章，要說不沾沾自喜，那就是純粹的謊話了。而且我在文章中提出的結論至今仍能成立，還有新出現的文獻資料來證明，足以自慰了。此時還寫了一篇關於解談吐火羅文的文章。

一九四六年回國以後，由於缺少最起碼的資料和書刊，原來做的研究工作無法進行，只能改行，我就轉向佛教史研究，包括印度、中亞以及中國佛教史在內。在印度佛教史方面，我替與釋迦牟尼有不共戴天之仇的提婆達多翻了案，平了反。

西元前五、六世紀的北天竺，西部是婆羅門的保守勢力，東部則興起了新興思潮，是前進的思潮，佛教代表的就是這種思潮。提婆達多同佛祖對著幹，事實俱在，不容懷疑。但是，他的思想和學說的本質是什麼，我一直沒弄清楚。

我覺得，古今中外寫佛教史者可謂多矣，卻沒有一人提出這個問題，這對真正印度佛教史的研究是不利的。

在中亞和中國的佛教信仰中，我發現了彌勒信仰的重要作用。也可以算是發前人未發之覆。我那兩篇關於「浮屠」與「佛」的文章，篇幅不長，卻解決了佛教傳入中國的道路的大問題，可惜沒引起重視。

我一向重視文化交流的作用和研究。我是一個文化多元論者，我認為，文化一元論有點法西斯味道。在歷史上，世界民族，無論大小，大多數都對人類文化做出了貢獻。文化一產生，就必然會交流、互學、互補，從而推動了人類社會的進步。我們難以想像，如果沒有文化交流，今天的世界會是一個什麼樣子。

在這方面，我不但寫過不少的文章，而且在我的許多著作中也貫徹了這種精神。長達約八十萬字的《糖史》就是一個好例子。

提到了《糖史》，我就來講一講這一部書完成的情況。我發現，現在世界上流行的大語言中，「糖」這一個詞兒幾乎都是轉彎抹角地出自印度梵文的「śarkarā」這個字。我從而領悟到，在糖這種微末不足道的日常用品中竟隱含著一段人類文化交流史。於是我從很多年前就著手蒐集這方面的資料。

在德國讀書時，我在漢學研究所曾翻閱過大量的中國筆記，記得裡面頗有一些關於糖的資料。可惜當時我腦袋裡還沒有這個問題，就視而不見，空空放過，而今再想彌補，是絕對不可能的事情了。今天有了這個問題，只能從頭做起。

最初，電腦還很少很少，而且技術大概也沒有過關。即使過了關，也不可能把所有的古籍或今籍一下子都收入。留給我的只有一條笨辦法：自己查書。然而，群籍浩如煙海，窮我畢生之力，也是難以查遍的。幸而我所在的地方好，北大藏書甲上庠，查閱方便。即使這樣，我也要定一個範圍。

我以善本部和樓上的教員閱覽室為基地，有必要時再走出基地。教員閱覽室有兩層樓的書庫，藏書十餘萬冊。於是在我八十多歲後，正是古人「含飴弄孫」的時候，我卻開始向科研衝刺了。

我每天走七、八里路，從我家到大圖書館，除星期日大館善本部閉館外，不管是冬天，還是夏天；不管是颳風下雨，還是堅冰在地，我從未間斷過。

如是者將及兩年，我終於翻遍了書庫，並且還翻閱了《四庫全書》中有關典籍，特別是醫書。我發現了一些規律。

首先是，在中國最初只飲蔗漿，用蔗制糖的時間比較晚。其次，同在古代波斯一樣，糖最初是用來治病的，不是調味的。再次，從中國醫書上來看，使用糖的頻率越來越小，最後幾乎很少見了。最後，也是最重要的一點，把原來是紅色蔗汁熬成的糖漿提煉成潔白如雪的白糖技術，是中國發明的。

到現在，世界上只有兩部大型的《糖史》，一為德文，算是世界名著；一為英文，材料比較新。在我寫《糖史》第二部分，國際部分時，曾引用過這兩部書中的一些資料。做學問，蒐集資料，我一向主張要有一股「竭澤而漁」的勁頭，不能貪圖省力，打馬虎眼。

既然講到了耄耋之年向科學進軍的情況，我就講一講有關吐火羅文的研究。我在德國時，本來不想再學別的語言了，因為已經學了不少，超過了我這個小腦袋瓜的負荷能力。但是，那一位像自己祖父般的西克（E.Sieg）教授一定要把他畢生所掌握的絕招統傳授給我。我只能向他那火一般的熱情屈服，學習了吐火羅文A焉耆語和吐火羅文B龜茲語。

我當時寫過一篇文章，講《福力太子因緣經》的諸異本，解決了吐火羅文本中的一些問題，確定了幾個過去無法認識的詞兒的含義。回國以後，也是由於缺乏資料，只好忍痛與吐火羅文告別，幾十年沒有碰過。

二十世紀七〇年代，在新疆焉耆縣七個星斷壁殘垣中，發掘出了吐火羅文A的《彌勒會見記劇本》殘卷。新疆博物館的負責人親臨寒舍，要求我加以解讀。我由於沒有信心，堅決拒絕。但是他們苦求不已，我只能答應下來，試一試看。結果是，我的運氣好，翻了幾張，書名就赫然出現：《彌勒會見記劇本》。我大喜過望。於是在衝刺完了《糖史》以後，立即向吐火羅文進軍。

我根據回鶻文同書的譯本，把吐火羅文本整理了一番，理出一個頭緒來。陸續翻譯了一些，有的用中文，有的用英文，譯文間有錯誤。到了二十世紀九〇年代後期，我集中精力，把全部殘卷譯成了英文。

我請了兩位國際上公認是吐火羅文權威的學者幫助我，一位德國學者，一位法國學者。法國學者補譯了一段，其餘的百分之九十七、八以上的工作都是我做的。即使我再謙虛，我也只能說，在當前國際上吐火羅文研究最前沿上，中國已經有了位置。

下面談一談自己的散文創作。我從中學起就好舞筆弄墨。到了高中，受到了董秋芳老師的鼓勵。從那以後的七十年中，一直寫作不輟。我認為是純散文的也寫了幾十萬字之多，但我自己喜歡的卻為數極少。

評論家也有評我的散文的，一般說來，我都是不看的。我覺得，文藝評論是一門獨立的科學，不必與創作掛鉤太親密。世界各國的偉大作品沒有哪一部是根據評論家的意見創作出來的。正相反，偉大作品倒是評論家的研究對象。

目前的中國文壇上，散文又似乎是引起了一點小小的風波，有人認為散文處境尷尬等等，皆為我所不解。中國是世界散文大國，兩千多年來出現了大量優秀作品，風格各異，至今還為人所誦讀，並不覺得不新鮮。

今天的散文作家大可以盡量發揮自己的風格，只要作品好，有人讀，就算達到了目的，憑空作南冠之泣是極為無聊的。

前幾天，病房裡的一位小護士告訴我，她在回家的路上一氣讀了我五篇散文，她覺得自己的思想感情有向上的感覺。這種天真無邪的評語是對我最高的鼓勵。

最後，還要說幾句關於翻譯的話。我從不同文字中翻譯了不少文學作品，其中最主要的當然是印度大史詩《羅摩衍那》。

以上是我根據我那一點自知之明對自己「功業」的評估，是我的「優勝紀略」。但是，我自己最滿意的還不是這些東西，而是自己胡思亂想關於「天人合一」的新解。至少在十幾年前，我就想到了一個問題。

大自然中出現了不少問題，比如生態平衡破壞、植物滅種、臭氧破洞、氣候變暖、淡水資源匱乏、新疾病產生等。哪一樣不遏制，人類發展前途都會受到影響。我認為，這些危害都是西方與大自然為敵，要征服自然的結果。西方哲人歌德、雪萊、恩格斯等早已提出了警告，可惜聽之者寡。情況越來越嚴重，各國政府，甚至聯合國才紛紛提出了環保問題。

我並不是什麼先知先覺，只是感覺到了，不得不大聲疾呼而已。我的「天人合一」要求的是人與大自然要做朋友，不要成為敵人。我們要時刻記住恩格斯的話：「大自然是會報復的。」以上就是我的「夫子自道」，「道」得準確與否，不敢說。但是，「道」的都是真話。

此外，在提倡新興學科方面，我也做了一些工作，比如敦煌學，我在這方面沒有寫過多少文章；但對團結學者和推動這項研究工作，卻做出了一些貢獻。又如比較文學，關於比較文學的理論問題，我幾乎沒有寫過文章，因為我沒有研究。但是中國第一個比較文學研究會卻是在北大成立的，可以說是開風氣之先。

此外，我還主編了幾種大型的學術叢書，首先就是《東方文化集成》，準備出五百種，用高水準的研究成果，向世界人民展示什麼叫東方文化。我還幫助編纂了《四庫全書存目叢書》，取得了很大的成功。其餘幾種現在先不介紹了。

我覺得有相當大意義的工作，是我把印度學引進了中國，或者也可以說，在中國過去有光輝與上千年歷史的印度研究又重新恢復起來。現在已經有了幾代傳人，方興未艾。要說在我身上還有什麼值得學習的東西，那就是勤奮。我一生不敢懈怠。

總而言之，我就是透過這一些「功業」獲得了名聲，大都是不虞之譽。政府、人民，以及學校給予我的待遇，同我對人民和學校所做的貢獻，相差不可以道里計。我心裡始終感到愧疚不安。現在有了病，又以一個文職的教書匠硬是擠進了部隊軍長以上的高幹療養的病房，冒充了四十五天的「首長」。政府與人民待我可謂厚矣。捫心自問，我何德何才，獲此殊遇！

就在進院以後，專家們都看出了我這一場病的嚴重性，是一場能致命的不大多見的病。我自己卻還糊里糊塗，掉以輕心，溜溜達達，走到閻王爺駕前去報到。大概由於檔上一百多塊圖章數目不夠，或者紅包不夠豐滿，被拒收，我才又走回來，再也不敢三心二意了，一住就是四十五天，撿了一條命。

我在醫院中是一個非常特殊的病人，一般的情況是，病人住院專治一種病，至多兩種。我卻一氣治了四種病。我的重點是皮膚科，但借住在呼吸道科病房裡，於是大夫也把我吸收為他們的病人。

一次我偶爾提到，我的牙齦潰瘍了，院長立刻安排到牙科去，由主任親自動手，把我的牙整治如新。眼科也是很偶然的。我們認識魏主任，他說要替我治眼睛。我的眼睛毛病很多，他作為專家，一眼就看出來了。細緻地檢查，認真地觀察，在十分忙碌的情況下，最後他說了一句鏗鏘有力的話：「我放心了！」我聽了當然也放心了。他又說，今後五、六年中沒有問題。最後還配了一副我生平最滿意的眼鏡。

上面講的主要是醫療方面的情況，我在這裡還領略人情之美。我進院時，是病人對醫生的關係。雖然受到院長、政委、幾位副院長，以及一些科主任和大夫的禮遇，仍然不過是這種關係的表現。

但是，悄沒聲地這種關係起了變化。

我同幾位大夫逐漸從病人醫生的關係轉向朋友的關係，雖然還不能說無話不談，但卻能談得很深，講一些蘊藏在心靈中的真話。

常言道：「對人只講三分話，不能閒抛一片心。」講點真話，也並不容易的。此外，我同本科的護士長、護士，甚至打掃衛生的外地來的小女孩，也都逐漸熟了起來，連給首長陪住的解放軍戰士也都成了我的忘年交，其樂融融。

我的七十年前的老學生原三〇一原副院長牟善初，至今已到了望九之年，仍然每天穿上白大褂，巡視病房。他經常由周大夫陪著到我屋裡來閒聊。七十年的漫長歲月並沒有隔斷我們的師生之情，不也是人生一大快事嗎？

我的許多老少朋友，包括江牧岳先生在內，親臨醫院來看我。如果不是三〇一門禁極為森嚴，則每天探視的人將擠破大門。

我真正感覺到了，人間畢竟是溫暖的，生命畢竟是可愛的，生活著畢竟是美麗的

（我本來不喜歡某女作家的這一句話，現在姑借用之）。

我初入院時，陌生的感覺相當嚴重。但是，現在我要離開這裡了，卻產生了濃烈的依依難捨的感情。「客房回看成樂園」，我不禁一步三回首了。

高寶書版集團
gobooks.com.tw

高寶文學 091
心安即是歸處

作　　者　季羨林
副 主 編　林子鈺
編　　輯　藍匀廷
封面設計　黃馨儀
內頁排版　賴姵均
企　　劃　陳玟璇
版　　權　張莎凌

發 行 人　朱凱蕾
出　　版　英屬維京群島商高寶國際有限公司臺灣分公司
　　　　　Global Group Holdings, Ltd.
地　　址　臺北市內湖區洲子街 88 號 3 樓
網　　址　gobooks.com.tw
電　　話　(02) 27992788
電　　郵　readers@gobooks.com.tw（讀者服務部）
傳　　真　出版部 (02) 27990909　行銷部 (02) 27993088
郵政劃撥　19394552
戶　　名　英屬維京群島商高寶國際有限公司臺灣分公司
發　　行　英屬維京群島商高寶國際有限公司臺灣分公司
法律顧問　永然聯合法律事務所
初版日期　2025 年 01 月

國家圖書館出版品預行編目 (CIP) 資料

心安即是歸處 / 季羨林著 . -- 初版 . -- 臺北市：英屬維京群島商高寶國際有限公司臺灣分公司 , 2025.01
面；　公分 . --（高寶文學；091）

ISBN 978-626-402-151-7(平裝)

855　　113018915